嫌　　全部避けてみた

アラサー男3人のがんばらない日常

ニートと居候とたかさき

KADOKAWA

はじめに

アラサー男3人のがんばらない日常

男3人のルームシェア生活を配信

こんにちは、たかさきです。突然ですが、皆さん毎日がんばりすぎていませんか？　無理して「いい大人」でいようとしていませんか？

それもひとつの生き方だと思います。でも僕らは、すべてから逃げて今楽しく生きています。

『ニートと居候とたかさき』は、男3人のルームシェア生活を配信しているYouTubeチャンネルです。

メンバーは、**ニートの「野尻」・居候の「南」・クリエイターの「たかさき（僕）」**。YouTubeでは、僕らの日常を毎日配信しています。

野　YouTubeのメンバーという感覚はないです。

野尻と僕は、**高校の同級生**。当時から仲がよく、高校を卒業してからずっとルームシェアをしています。

野尻はニートだけど、「しもちゃん」という彼女がいます。しもちゃんはよくうちに遊びにくるので、YouTubeの視聴者さんにとってはお馴染みの存在。

居候の南は、僕の**元相方**です。

高校卒業後、僕は美容学校に進学。しかし美容師にはならず、吉本興業の養成所・NSCに入学しました。そこで出会ったのが南です。

僕らは「サンプル」というコンビを組み、解散・再結成を繰り返しながら5年ほど活動しました。

家を失った南は2015年にうちに転がり込んできて、そこから家賃も払わず、ずっと居候をしています。

YouTubeチャンネルを始動したのは、コロナ禍真っ只中の2021年。僕らと「木島」という密着者の4人でチャンネルがスタートしました。

おかげさまで、今では登録者数27万人（２０２４年1月現在）を超えています。

僕らのチャンネルは、台本もなく、大した企画もやらず、みんなでご飯を食べたり、歌ったり、踊ったり、お互いの悪口を言い合ったりするだけです。

あまりに自由で欲に忠実なので、批判もあるだろうと思っていたのですが、今のところコメント欄は概ね平和です。

視聴者さんは、僕らの面白いところを見つけてくれて、僕らについて僕ら以上に分析してくれている感じがします。いつもありがとうございます。

野 毎日投稿を続けているからか、ポップアップイベントに来てくれた人にも、「親近感めっちゃある」「初めて会った気がしない」って言ってもらいましたね。

僕らを見て安心して

この本を出そうと思ったのは、**「大したことない僕らが本を出す」のが面白そう**だから。

僕らの等身大をお伝えすることで、読者の方に**「こんなんでも案外楽し**

そうに生きてるな」と気楽になってもらえたらいいなと思っています。
そして、固定観念にとらわれて「ダメだ」と思い込んでいた物事や自分自身のいい面に気づくきっかけになれば光栄です。

僕らは、傍から見たら**何かしら「終わってる」3人**です。

←木 うん。

野尻は30歳にもなってニートだし、南は居候のくせに一度も家賃を払ったことがありません。僕も、美容師になることをやめ、芸人を諦め、流れ流れた結果、今クリエイターをしています。

無理難題には立ち向かわず、やりたくないことはやらず、壁があったら別の道を進む。それが僕らの生き方です。
けっして褒められたマインドではありません。でも、毎日意外に楽しく生きています。

この本では、**「嫌なこと全部から逃げてきた」僕らの考え方**をお話ししています。

読んだ方には、少しでも**「こんな考え方や対処法もあるんだな」**と何かの役に立ててもらえたら嬉しいです。また、自分と僕らを比較して**「まだまだ大丈夫だ」**と安心していただくのも大歓迎です。

木 参考にはしすぎないでください。この国のために。

本書の読み方

とはいえ、僕ら3人の中で本を読むのは南だけ。

僕と野尻は、ほとんど活字を読みません。野尻は、僕が誕生日プレゼントであげた又吉直樹さんの本すら読んでいません。

野 読んでない。ちょっと字が多かった。

だからこそ、本を読み慣れていない人でも楽しく読めるような工夫を凝らしました。

野 活字だけの本だと、読書しない人にとっては抵抗感が出るよね。そうならないデザインにこだわりました!

南 僕は、手書きの本じゃなかったら大丈夫です。手書きは読みにくいので。

お悩み別の章分け

第1章では仕事やお金、第2章では夢、第3章では人間関係のモヤモヤ、第4章では自分との付き合い方、第5章では趣味、第6章では家事や生活について話しています。以前Ｉｎｓｔａｇｒａｍで募集したお悩みにも、いくつか答えているので要チェックです。

見出しが多い

どこから読み始めてもいいし、どこで中断してもOK！　各項目、基本的に6ページ以内で完結しているので、サクッと読み進められるはずです。何かしんどいことがあったら、ペラペラめくってクスッと笑って、肩の力を抜いてもらえたら僕らは満足です。

僕らの会話付き

この本は、僕らが代わる代わるお話しする構成になっています。下の段には、僕らの空気感が伝わる副音声的な会話も収録されているので、お見逃しなく！　たまに、しもちゃんと木島も登場します。

僕らの初エッセイ、皆さんに楽しんでいただけると嬉しいです！

たかさき

嫌なこと全部逃げてみた　アラサー男3人のがんばらない日常　もくじ

はじめに　アラサー男3人のがんばらない日常　【たかさき】……2

メンバー紹介……15

第1章

お金は稼ぐか、もらうか、寝て待つか

何にも干渉されない「ニート」という最高の選択　【野尻】……18

生活力がない人は、人の家に住めばいい　【南】……24

「すごい人になりたい」がモチベーション　【たかさき】……28

ニートだけど、働くことは好き　【野尻】……32

仕事がしんどいときは逃げていい　【南】……36

「自分がどう見られているか」を理解して仕事する　【たかさき】……40

ニート、競馬とNISAを語る　【野尻】……44

働く理由は「使命感」？　【南】……48
ハッタリで実績を増やす　【たかさき】……52

第2章

夢なんてないからこそ、どう生きる？

ひとり暮らしがしたくて、東京へ　【南】……58
才能のない世界で戦うことをやめた　【たかさき】……64
未来は3秒先までしか考えない　【野尻】……70
初心は、忘れてもいい　【南】……74
やりたいことって後から見つかる　【たかさき】……80
中3の夏、めちゃくちゃ遊んでから受験期に突入　【野尻】……84
ネタづくりは想定通りに進まない　【南】……88
何歳になっても、変わらず尻を出せる人でいたい　【たかさき】……90
いつ死んでもいいように「今」を楽しむ　【野尻】……92

第3章

人間関係のストレスを減らせ！

ちゃんと「お前がヤバいよ」と伝える【たかさき】……96
褒められたら「もうちょっと詳しく聞かせてもらえる？」【野尻】……100
わざとスベるようにしたら、コミュニケーションできるようになった【南】……102
一緒に仕事をするうえで、上下関係はない！【たかさき】……106
兄と姉のいいとこどりで、僕の人格ができあがった【野尻】……108
やられたら徹底的にやり返す【南】……110
空回りしてるのは自分だけじゃない【たかさき】……114
お互いに歩み寄る「過程」が大事【野尻】……116
自分のキャパに合う場所で長所を発揮する【南】……120
相手の腹だけ見ようとするのは、ちょっとズルい【たかさき】……124
距離感を縮める速度は人それぞれ【野尻】……126
僕たちが「楽しい」と感じるとき【南】……128

第4章

自分とのちょうどいい付き合い方

人の話を全部自分に取り入れる必要はない　【野尻】……132

僕視点の世界を知らないんだから、口を出さないでくれ　【南】……134

違うフィールドの人に話を聞いてもらってストレス発散　【たかさき】……136

イライラにはとことん向き合う　【南】……140

自分の性格や生活を理解して受け入れる　【野尻】……142

僕のこと分かったうえで付き合ってくれない相手が悪い　【南】……144

自己肯定感の低さで悩むなんて、本末転倒　【たかさき】……146

失敗は落ち込まず、切り替えてリカバリー　【野尻】……150

緊張の場面、あえて「言っちゃう」のが面白い　【南】……152

頻度は徘徊級!?　散歩には休憩以上のパワーがある　【たかさき】……154

年を重ねたら自分もすごいヤツになれる　【南】……156

辛いことも、いつかエピソードトークになる　【野尻】……158

僕の顚末を見ていてほしい　【南】……162

第5章

日常の楽しみをゆるく増やす

本は手放しで「すごい」と思える【南】……168
漫画や映画でデザイン研究【たかさき】……172
初めてアーティストにハマった【野尻】……174
ジムに通っていたときは、すべてが上手くいっていた【南】……176
睡眠の質を上げるために必要なのは「酒」【たかさき】……178
ニート、ゴルフに夢中【野尻】……182
タバコは買わずにもらって吸う【南】……184
救いがなくても、マイホアジャオがあれば大丈夫【たかさき】……188
しんどいとき「生意味」やってみな！【南】……190
自炊も楽しいけど、外食も幸せ【野尻】……192

第6章

甘えつつも干渉しない暮らし

楽しいルームシェア生活の始まり　【野尻】……198

居候に対するアンガーマネジメント法　【たかさき】……202

部屋が汚いことは、何も悪くない　【南】……206

食事や家事をゲームに。結果生まれるのは、わだかまり　【たかさき】……208

やりたくないけど、そこにあるから家事をする　【野尻】……210

掃除・洗濯をやってくれるしもちゃん　【たかさき】……212

このメンバーになら、だらしない姿を見られても大丈夫　【野尻】……214

好きな服を着たいからダイエットする　【たかさき】……216

ルームシェアは、体調不良ですらエンターテインメントになる　【野尻】……218

おわりに　【野尻】【南】【たかさき】……220

装丁　西垂水敦・内田裕乃（krran）
本文デザイン・DTP　北路社
イラスト　HAMAMOTO NATSUMI
校正　あかえんぴつ
編集協力　堀越愛
編集　伊藤瑞華（KADOKAWA）

メンバー紹介

居候たかさきニート

南《みなみ》 翔《しょう》太《た》

1996年11月13日生まれ。お笑い芸人時代は「オドるキネマ」のボケ担当としてキングオブコント2021、M-1グランプリ2022の準々決勝に進出。

高崎《たかさき》 雄介《ゆうすけ》

1994年2月22日生まれ。家主。元お笑い芸人で、南と「サンプル」というコンビを組んでいた。現在はクリエイターとしてマルチに活躍。

野《の》尻《じり》 悠輔《ゆうすけ》

1993年4月6日生まれ。たかさきの高校の同級生。高校を卒業後、ニートとして生活。ゲームと料理が得意。多趣味で、競馬や麻雀に興じる。

しもちゃん
ニートの彼女

木島
3人の密着者
動画編集も担当

イクト
友達の芸人

ジャンスー
友達のニート

第1章

お金は稼ぐか、もらうか、寝て待つか

大人になると「仕事をして当たり前」みたいな雰囲気があるけど、それだけが正解なんだっけ？　この家では今、３人中ふたりが定職に就いていません。野尻はゲームや競馬やコーヒーを楽しみ、南はたくさん睡眠を取って、自由に暮らしています。一方たかさきはフリーランスでクリエイターをやっています。

まずは自己紹介もかねて、僕らが主にどんなことをして生計を立てているのかお話しします。僕らなりの〝働く〟に対する考え方や、無理せず仕事をこなす術《すべ》などを、かなり苦い思い出とともに楽しんでください。

野

何にも干渉されない「ニート」という最高の選択

悠々自適のニート生活

皆さんこんにちは。野尻です。僕は今、「ニート」として生活しています。

多趣味なのでやることがたくさんあって、まる一日ゲームをしたり、友達とゴルフに行ったり、彼女のしもちゃんと過ごしたり……。ひたすら、**自分の好きなこと・興味があること**をして過ごしています。日によっては、家から一歩も出ないこともあるかな。やることはたくさんあるけど、もちろん暇な時間もあります。

もっとも時間をかけているのは、ゲーム。3人1組で銃撃戦をする「A

た　野尻は羨ましくなるくらい多趣味。スポーツ観戦、麻雀、将棋とか。ずっと、誰よりも楽しそうです。

南　ありますよ、そりゃ。

pex」をやっています。オンラインで会話しながらできるので、ゲーム中は友人と遊んでいる感覚ですね。YouTubeでゲームチャンネルも持っているので、たまに配信もしています。

それから、**人がめっちゃ好き**なので友達とご飯に行くこともけっこう多いです。10人いたら、10通りの考え方があるじゃないですか？　みんなの話を聞くのが、すごく好きなんです。悪口とか、恋愛関係とか、人間味を感じる話は特に面白いなと思います。ただ、興味がある人・ない人の区別ははっきりあります。

南　俺には興味ないですよね？　俺の話聞いてないですよね？

野　聞いとるよ。

ニートのいいところは、挙げきれないくらいあるんですけど……。

一番は**「時間がある」**こと。そして**「自分で選択できる」**こと。

働いていると、思い通りにいかないことがたくさんあると思います。でもニートは自由に使える時間があるし、すべて自分の意思で判断できます。

たとえば、行きたい誘いは100%行けるし、逆に行きたくないのに参加必須、みたいなこともありません！　**誰にも干渉されず、すべてが自分しだい**です。

「進学しない」という決断

高校卒業後は、大学に進学せずフリーターになりました。

けっこう進学校だったので、進学しなかったのは僕ひとりだけ。進学しなかった理由は、先の進路を想像できなかったから。「○○になりたいから専門学校に行きたい」とか言う人いますけど、それが理解できなかったんです。普通に学生生活を過ごしていて、どこでそんな希望が生まれるの？僕的には、**10代でやりたいことがあるほうが「すごい」**と思います。

先の進路を考えられなかったので、大学受験のシーズンが始まっても僕はまったく勉強をしませんでした。結果、下から数えたほうが早いような成績に。「今更勉強しても間に合わないな」と思ったので、卒業後はフリー

た　みんな勉強してて暇なので、僕らはよくふたりで将棋をしていました。

ターになると決意しました。

「大学には行かない」と打ち明けたとき、親に言われたのは「自分で選んだ道ならいいんじゃない？　応援するよ」という言葉。僕には兄と姉がいて、ふたりとも進学していません。だから親は「3人目くらいは進学してほしい」と思っていたようですが、結果的に気持ちよく送り出してもらいました。

ただ、学校とは少し揉めました。

進学校だったので、高校としては「受験しない子」を出したくなかったようです。それで、担任・教頭・学年主任 vs. 僕の面談が設けられました。

た　その高校で5年ぶりの進学を希望しない生徒だったみたいです。

面談では、「これからどうしていくんだ」、「どうするつもりなんだ」とばかり聞かれ、僕の意見を聞いてくれる人はひとりもいませんでした。全員が真っ向から否定するスタンスだったので、「これはダメだ！」と僕は

南
いや、心どこで閉ざしてんねん（笑）。

シャットダウン。

この面談で話の中心にいるのは僕のはずなのに、まともに話し合うことができない。自分の意見も聞いてほしいけど、先生たちは一方的にバーッと否定するばかり。

「話してもムダだ！」と思い、この面談が「受験しない」決定打になりました。

高校卒業後、すぐにたかさきとルームシェアをスタート。しばらくフリーターをしていましたが、あるとき「もういいかな」と思い、後先考えずにニートになりました。

その後は「そろそろ働きたいな」と思ったらフリーターに戻り、「もういいかな」と思ったらニートに戻り……の繰り返し。ここ数年は、ニートを続けています。

働くか働かないか。それを**いつでも自由に選択できる**のも、ニートのいいところ。

ニートとして暮らしていたら、いつの間にかYouTubeチャンネル『ニートと居候とたかさき』が始まっていました。「カメラまわすから普通に生活しといて」と言われ、今に至ります。

正直、まだ許可してないし、チャンネル登録もしていません。

た 本当に、野尻の知らないところでチャンネルを始めました。彼女のしもちゃんには「動画映っても大丈夫？」と聞いて即答でOKもらっています。

南 OKなのもおかしいけどな。

南 意味分からん。許可してないってなんなん。

好きなときに好きなことだけを
思いきり楽しめるニートという道も。

南 生活力がない人は、人の家に住めばいい

走馬灯の素材を集める生活

南です。僕は今、野尻さんとたかさきの家に「居候」をしています。

2023年の頭までは「オドるキネマ」というコンビで芸人活動をしていて、けっこう人気がありました。コンビを解散してからも、しばらくは吉本興業に所属していましたが、今は退所してフリーです。

特にバイトもしてないんで、僕もニートみたいなもんです。

今は毎日、**走馬灯の素材を集めるような生活**をしています。「ほんまに何してるん?」ってよく言われるんですけど、何もしてないかもしれない

です。

毎日いっぱい寝て、起きて、誰かを誘って飲みに行きます。誰とも飲みに行けんかったら、本を読むか、ＴｉｋＴｏｋとＹｏｕＴｕｂｅのショート動画を観ます。

短い動画の連続を観ていると、一日が終わります。僕の走馬灯には、いっぱいの短い動画が連なるのかもしれません。

２０２３年の夏は、ドラマ『ＶＩＶＡＮＴ』（ＴＢＳテレビ）にハマりました。これも、ショートでまわってきたのを観たのがきっかけです。この時期は、毎週日曜夜９時を楽しみに生きていました。

ただ、テレビがリビングにあるんで、野尻さんがずっとゲームをしていて邪魔なんですよね。『ＶＩＶＡＮＴ』なんて銃を一発撃つか撃たんかで何分もせめぎ合ってんのに、野尻さんはバンバン撃ってて……非常に情緒がないですね。

野 ←傍から見ていても、南の生活は本当にそんな感じです。

木 ←ただでさえ走馬灯って短いのに。

た ←ショートで『ＶＩＶＡＮＴ』にハマんな。

野 ←「Apex」ってそういうゲームだからね。

居候先ではWin-Winの関係を意識しよう

「仕事」の章ですけど、今の僕の肩書が〝居候〟なんで、まずはちょっと居候のコツを話したいと思います。

拠点はこの家に置きつつ、ほかにもたまに泊まりに行く家があります。もし追い出されたら家がなくなっちゃうんで、**居候するときは2つ以上家を押さえといたほうがいい**です。心のよりどころになるんで。

最悪この家がなくなってもあっちに行けばいいと思えたら、強気に出られますね。「いいの？　対応その感じで大丈夫？　俺あっちの家行っちゃうけど？」って言えるんでおすすめです。

居候は、なるべくWin-Winの関係になれる相手の家でやるのがいいですね。僕を家に泊めていることを話題にできるヤツだったら、ちょっとでも貢献できているかなと思います。

た　完全に油断しているときに追い出したいな。

野　駆逐。絶望を与えよう。

た　あっちの家行っちゃえよ。

野　自分は「人気の芸人と住んでるブランド」全然いらないよ。

僕だって、本当はひとり暮らししたいんですよ。ただ、絶望的に生活力がない。2日に1回だけ来て家事を全部やってくれる人がいたら、ひとり暮らししたいですね。30分だけ家に入れてあげるんで、その間に全部やっていただきたい。ひとりの時間が絶対に欲しいんです。その点、この家は自分の部屋があるんでいいです。

野 ←居候に部屋があるって、優しいよね。

居候先のセレクト基準は、何より「人」。しゃべっててておもろいかどうかが重要です。

た ←腹立つなぁ。

あとは、Wi-Fi環境と空調も大事ですかね。まぁ、優しくてええやつの家やったら結局どこでもいいです。

ひとり暮らしができないなら
友達の家に転がり込むという手も。
心のよりどころは複数あるとよし。

た

「すごい人になりたい」がモチベーション

職業は、なんでも手掛ける「クリエイター」

家主の「たかさき」です。

クリエイターとして、主に**映像制作の仕事**をしています。

クライアントは、企業や行政など様々。セミナーの仕切りや配信、登壇まで僕が担当している案件もあります。ほかには農家さん向けのCMをつくったり、ミュージックビデオをつくったり……。映像ソフトの動画教材を制作したこともあります。それからポップアップイベントの主催、洋服のデザインから販売までなど。いろんなことをやってます。

←南 もっと端的に説明できないっすか？

改めて仕事内容を羅列すると多岐にわたっているように見えますが、一

つひとつの仕事は意外と誰にでもできることだと思います。

ただ、昔からずっとクリエイターをしているわけではありません。この仕事をするようになったのは、2020年の半ばから。コロナ禍が深刻化してきた時期です。

南　ほんまにそうやな。

野　南が言うのは違うと思うよ。

た　どれかがなくなっても、どれかが生きているっていうのが安心感になるから、仕事の幹はたくさん増やしています。

一念発起し、未経験の動画編集に挑戦

当時、僕は26歳。南と「サンプル」というコンビを組んで芸人をしていました。テレビに出るなど少しだけ結果を残すことができましたが、コロナ禍に入り、僕は壁にぶつかりました。

芸人の仕事がなくなって何もしない時間が増え、**きちんとお金を稼いでいる同世代と自分を比べてしまった**のです。

結果を出せないまま芸人を続けてきて、もうアラサー。「稼げていない自分は終わってる」と悩む毎日……。この時期は、毎晩のように「終わった、終わった」と言いながら家のまわりを深夜徘徊していました。

南　むっちゃ終わっとるやん。そんなに終わってたんや。

さらに、当時の「サンプル」はものすごく仲が悪かった。南のことは面白いと思うけど、コンビという関わり方だと上手くいかないと思ったのです。それで、「サンプル」を解散することになりました。

解散をきっかけに「ちょっと違うことをしてみるか」と取り組み始めたのが、今の仕事に繋がる「動画編集」でした。

知識のある芸人仲間にノウハウを教わり、ひたすら勉強。「給付金の10万円がなくなるまでに稼げるようになる」と決意し、バイトを辞めて退路を断ちました。タイピングもできないような状態から、死に物狂いでパソコンに向かう日々。

僕の仕事場は、リビングに接しています。がんばる僕の横で、野尻は「Apex」や、友達を呼んで麻雀に興じていました。「ツモォォォ！」とか聞こえたときは、めちゃくちゃムカつきましたね（笑）。

そんな状態にも今は慣れ、**生活音があったほうがむしろ仕事がはかどる**ようになりました。いきなり『ドラゴン桜』の話をして申し訳ないんです

野　たかさきがMacBookをドカーンと持ってきて、「何かやり出すんだな」と思ったことを覚えてます。傍から見ていても、かなり努力しているのを感じました。「これは邪魔できないぞ」と思いましたね。

た　ドカーンと持ってきたとき、野尻は美味しそうにコーヒーを飲みながら僕を眺めていました。

木　あの頃はごめんね。

けど、この漫画でも「子どもはリビングで勉強させたほうがいい」といっていました。向き・不向きはあると思いますが、自室にこもるよりオープンな場所で作業したほうが集中できる人もいるそうですよ。

南 いや、いきなり『ドラゴン桜』の話すんな。皆さん、本当にすみません。

同居している野尻と南が働いていないので、「その状態でどうやって働くモチベーションを保っているの？」と聞かれることがあります。

その答えは、**「すごい人になりたい」**から。

僕は多趣味の野尻とは違って、酒と散歩くらいしか趣味がありません。むしろ仕事が好きだし、「すごい人になりたい」ならやるしかない。そういう思いで働いています。

南 深夜徘徊のこと「散歩」って言ってんの？

成功者と自分を比べて「終わった」と思っても、そこが新しい挑戦の始まりかも。

野

ニートだけど、働くことは好き

働くのが楽しかったフリーター時代

僕は、働くのが嫌いだからニートをしているわけではありません。

フリーター時代は居酒屋やレストラン、バーなど、主に飲食のアルバイトをしていました。お酒やコーヒー、紅茶などの専門知識が身に付くので、勉強しているみたいで楽しかったのを覚えています。

高校時代には、引っ越しのアルバイトをやったことがあります。ただ、まったく力がないので、夕方になると荷物を持てなくなっちゃうんですよ。ちっちゃい段ボールを運ぶことしかできなくて、それが申し訳なくて辞

南 自分がお荷物になっちゃったんやな。

めました。

働くことは、正直言って「好き」なほうです。

フリーター時代は、「めちゃめちゃ楽しい！」と思いながら、やりがいを持って働いていました。

〝意識高い〟っていうとアレですけど、どのアルバイト先にも必ずひとりはいる「ちゃんとしてるフリーターアルバイト」って感じです。お店的に、めちゃくちゃ助かる存在だったと思います。

物欲がないからお金が貯まった

ニートになったのは、２０１９年頃。

最後にやったのは、ホテルでのアルバイトだったと思います。それ以降は、もちろん働いていません。ニートになって、もう4年以上経ちます。

「働いていないのに、なんでお金があるの？」と疑問に思われるかもしれ

南　超ブラックバイトだったんすよね。

南　「もちろん」ってなんやねん。

ません。

でも僕は、まわりが大学に通っている間、ずっとアルバイトをしていました。18歳からフリーターをしていたし、働けば働くほど稼げたのです。**「貯金をしよう」という気はまったくありませんでしたが、そんなに物欲もないので自然とお金が貯まりました。**

ニートになってからは、フリーター時代に貯めたお金を取り崩して暮らしています。YouTubeを始めてからはその収入がありますが、それ以前から毎月ちゃんと家賃を払っています。

まわりの友達は大学を卒業し、就職し、どんどん出世していきます。近くにいるたかさきも、仕事をがんばって成果を出しています。素直に「すごい」と思います。

でも、まったく焦りはありません。というか、**焦りがあったらニートやってません。**

た　けっこうな頻度で「出前館」とか頼んでいて怖かったです。

た　なぜ毎月家賃を払えているんだろうという不信感がかなりありました。

ただ、フリーター時代は同年代が就職でアルバイトを辞めることに寂しさは感じていました。

同年代がいなくなったので、必然的に年下とばかり遊んでいましたね。だから、「あいつ、いつまでいるんだよ」と煙たがられていたかもしれません。

南　小学生の頃、そういうヤツおったわ(笑)。

気が向いたときにちゃんと働けば、
フリーターだって貯金できる。
就職しないことを焦らなくても、大丈夫。

南

仕事がしんどいときは逃げていい

「雇ったことを後悔させる」ことから始める

僕は、働くなら**「とにかくがんばらない」**ことをおすすめします。「最初だけはがんばろう」みたいな人もいると思いますけど、それすらしなくていいと思います。

大切なのは**「仕事ができない」ことを分からせる**こと。仕事先の人には、なるべく早めに「こいつに余計なことはさせへんほうがいい」と理解させます。雇ったことを後悔させることから始めましょう。

僕も、以前はバイトをしていました。寿司屋やコールセンター、居酒屋のキャッチ、コンビニの夜勤など。いろいろやりました。

南 優等生でいると、失敗したときにイメージと違うから、たたかれる。それだったら、最初から「失敗する人やで」って言うほうが楽です。

中でも自分に合っていたのは、コールセンター。3〜4人で入り、じゃんけんで勝ったひとりだけに「何もしなくていい権利」が与えられました。僕はじゃんけんが強いので、めちゃくちゃ寝られました。

これは、かなり僕に向いている仕事でしたね。寝るだけで稼げる……最高でした。

た　その働き方、バイト先はたぶんOKしてないけどな。

芸人の仕事が忙しくなる前までは、コンビニの夜勤をしていました。芸人がたくさんいる職場だったので、ここで働くのは楽しかったです。「新ネタライブ用のネタできてへん」「俺もできてへん」みたいな会話をしたり、レジに入りながらネタをつくったり。下積みっぽくて楽しかったです。

ここで働いているときは、芸人としての給料は月5万円くらい。でも、バイトを辞めてみたらバトルライブで優勝することができ、そこから芸人として食えるようになりました。勢いって大事ですね。

バイトを「飛ぶ」ということ

バイトは、基本的にすべて〝飛んで〟います。正式に辞めたことは、ほぼありません。ただ、1回だけちゃんとクビになったことがあります。アイドルの写真を撮るバイトをしていたとき、おにぎりだけ食べていたら「次から来ないで」と言われました。

僕がバイトをバックレるのは「しんどいな」と思ったとき。たかさきに紹介してもらって働き始めた居酒屋も、すぐに無断欠勤しました。そして翌日、客として遊びに行きました。

バイトの飛び方を教えましょう。

まず、「辞めます」という連絡を入れずに退勤します。そして、次のシフト日が来ても行きません。そうすれば、飛ぶことができます。

飛ぶことを「悪」と思う人もいるかもしれません。実際、バイト先に迷惑がかかる非常識な行為です。皆さん、できれば正式なルールに則って平和に辞めたほうがいいです。

た　おにぎり食べるバイトじゃないからな。

野　鬼のメンタルだな。

た　本当に怖い店長だったので、遊びに来た南は店の角に追い詰められて殴られていました。僕はそれを見ていて、とても楽しかったです。

木　僕は飛ぶヤツが大嫌いです。許せません。

でも、**飛ぶことは「緊急脱出ボタン」**だと思います。
たとえば、精神的に参ってしまって「辞めます」と言う体力もないとき。上司がひどくて伝えたら怒鳴られそうなとき。緊急脱出ボタンを押しましょう。**あなたの代わりはいくらでもいますから、苦しいときは逃げて大丈夫**です。

バイトを飛ぶことって、「黒ひげ危機一発」みたいなものです。飛ぶってことは、仕事先でいっぱい嫌なことがあったってことじゃないですか。僕の中では、自らの意思で飛ぶというか、**仕事先が悪かったせいで「飛ばされた」**のイメージです。

実際に飛ぶかは別としても、働くなら、そんくらいの気持ちでいたいです。

た 実は、僕も「飛ぶ推奨派」です。

野 僕は人の義理みたいなのが好きなので、「辞めます」って言って、良好な関係で辞めることが多いです。でも、しんどいときは無理するより逃げていいと思います。

た 飛ぶのってちょっと気持ちいいんですよ。僕は1回飛んでから、メンタル的にめっちゃ楽になりました。バイトに対してなんの愛もない職場もあります。もしかしたら都合よく、こき使われてるだけです。……と自分をマインドコントロールすると、飛べます。

代わりはいくらでもいるから、
働くときは何より自分を一番に考えて。

た

「自分がどう見られているか」を理解して仕事する

たかさき流仕事術

僕はフリーランスなので、自分で自分の仕事をコントロールしなくてはいけません。仕事をするうえで特に意識しているのは、**「自分がどう見られるか」**ということ。僕なりの仕事術について、ご紹介します。

まず、**「ギャップ」をつくる**ことが、大事かなと思います。これにより、**加点式で自分を見てもらえる**ようになります。

行政や企業と仕事をすることが多いのですが、あまりスーツなどのカッチリした服は着ません。また、どんなにお堅い仕事でも金髪で行きます。「金髪なのにしっかりやってくれる」という評価に繋げることができます。

た 基本的にはフォーマルとカジュアルの中間みたいな服を着ています。でも、前にパンク系のアウターで行政の仕事に行ってしまい、「たかさき君の背中に骸骨がいるね」と言われました。

南 霊媒師みたい。

次に、**「きちんと説明する」**ことも大事です。クリエイターが一体何をやっているのか、やったことのない人には伝わりません。映像編集やデザイナーの人には〝あるある〟かもしれませんが、やっていることの複雑さに反し「簡単な仕事」と思われることもあるんですよね。

僕は絶対にそう思われたくないので、作品をつくるにあたりどんなことをしないといけないのか、すべて説明します。そうすることで報酬に意味が出るし、やっていることが「簡単ではない」ことを理解してもらえます。ときには、直接編集画面を見てもらうこともあります。

裏方が「分かってくれよ！」と思う気持ちも分かるんですが、自分から伝えないで察してくれるのを待つのは、やってはいけないこと。**裏方が説明をサボってしまったら、自分の功績が消えてしまう**と思うからです。

たとえば、以前ライブのオープニング映像をつくっていたことがあります。映像にはあまり関与していないタレントが先にSNSで公開したら、功績が表に出る人だけのものになってしまう。僕はそれは違うと思うので、

た　「そういうのはやめてね」という指摘だったのかは分からないけれど、それからは骸骨のデザインは避けています。

南　俺もたかさきの編集画面見たことある。けど「こんな難しいこと、俺にはできひん」と思ったことはないよ。

た　こういうタイプとは仕事しません。

南　俺もせんしな。

許可を取って同時に自分も発表するようにしていました。
裏方仕事をしている人なら分かると思いますが、本当にえげつない作業量と時間で作品はできあがります。だからこそ、自分の功績を主張したほうがいいと思うのです。

タスク出しのススメ

「タスク出し」も大事です。
僕は、朝のうちにその日やらなければならないことをリストアップします。お酒を飲むのが好きなので、「これがすべて終わったらお酒が飲める！」と思いながら仕事をします。
コツは、**どんなにしょぼいことでもリストに入れる**こと。そうすることで、一つひとつの作業の達成感が上がり「自分ってエライ」と思えます。
タスク出しをすると、**進捗が分かりやすい**一方で「これ、全部やるの無理だぞ」と思うこともあります。そういうときは無理をせず、**「こんだけ**

木 たしかに、たかさき様は編集者をとても労ってくださります。

南 まず、タスクって何？

野 仕事のToDoだね。

南 そんなんないな。ToDoで思い出したけど、実家に送らなあかんものあるのに1週間くらいやってないや。明日の朝やろ。

野 朝に起きないからできないでしょ。というか、うちに「朝」起きてる人はいません。たかさきも「朝にタスク出し」とか言ってるけど、14時くらいです。

がんばって達成感がないのは意味分からん」と思いましょう。

すべて終わっていなくても、**自分に甘くてOK**。「こんぐらいやったし、いいだろう」とお酒を飲むのです。徹夜することは、ほぼありません。

無理したくないので、**納期を少しばかり長く**見積もることもあります（笑）。そのうえで早めに提出できれば、「仕事できる感」がより強くなります。

それから、大きな仕事があるときは、先に欲しいものを買って**「ご褒美の先取り」**をするのもおすすめです！

野 僕もタスク出ししますよ。「Apex」でIGL（インゲームリーダー）という指示出しする役割になるときは、やらなきゃいけないことがたくさんあるので。

南 野尻さんは、「Apex」に人生を賭けすぎている。「Apex」つくった人を訴えたら、勝てんちゃう？

野 ……僕に、タスクはまったくないです！

ギャップ・説明・タスク出しで仕事をコントロールしよう。

野

ニート、競馬とNISAを語る

競馬の魅力

散財するタイプではありませんが、使うべきときにはちゃんとお金を使います。使い道として多いのは、**食事・ゴルフ・旅行**ですね。

ただ、「お金を使ってストレス発散」みたいな感覚はあまりありません。お金を使うことに対して、後悔することもありません。先日競馬で15万円ほど大負けしたんですが、「賭けなければよかった」とは一切思いませんでした。「楽しかった！」という感情が上回ります。

競馬は、もちろん「ギャンブル」としても楽しいです。

た　僕は飲みと洋服に使うことが多い。

南　僕も飲みですね。交際費。

た　その隣で5千円負けたジャンスーが泣いていました。

だけど、本当の魅力はそれ以外の部分にあると自分は思っています。お金のことだけ求めていたら、15万円負けたらやってらんないですよ。競馬からはたくさんの楽しさをもらっているので、勝負の結果くらいで一喜一憂はしません。

競馬って、奥深いんですよ。ジョッキーと馬の関係性や親子関係など、これまで何年もかけて積み上げてきた歴史があります。

傍からは「馬にお金を賭けている」一面しか見えないかもしれませんが、**過程にこそ面白さがある**のです。

やっているギャンブルは、競馬だけです。パチスロや競艇、競輪などに興味はありません。

信ぴょう性は薄いかもしれませんが、競馬は僕の収入源のひとつです。けっこう調子のいいことが多いので、利益を出すことができています。

南 僕はギャンブルはやらんようにしてます。親がギャンブラーなんで、僕も絶対に好きになってしまう。それはヤバすぎるので、関わらんようにしてます。手を出したら絶対にハマってしまう。あれは危ない。

た 友達とみんなで競馬をするときは、僕もやります。最近は名前の響きだけで馬券を買っています。

一方たかさきは、ギャンブルが強くありません。

昔「これは絶対に勝つだろう」という馬に賭けたにもかかわらず、負けていました。使ってはいけないお金まで賭けてしまったので、そのときは本当に生活が苦しそうでした。

た 野尻が珍しく「今日は賭けたほうがいい、絶対勝てるレースだ」と言ってきたので、当時の全財産を賭けました。負けました。

ちなみに、その馬が生涯で負けたレースはそこだけだったそうです。

た 何してくれてるんだよ……。

つみたてNISAをするニート

貯金はしていませんが、**つみたてNISA**はしています。

た 僕はNISAはしていないけど、中小企業向けの小規模企業共済はやっています。

ありきたりなことを言いますが……。

南 自分はなんもやってません。

ちょっと、NISAとニートって響き似てますよね！

南 ありきたりでもないですよ。

つみたてNISAを始めたのは、1年ほど前。そういう分野に敏感な姉から話を聞いて、興味を持ったのがきっかけです。自分でも調べてみて

「やったほうがよさそうだ」と思い、やり始めました。僕的に、つみたてNISAは「余剰資金から投資をしている」感覚です。

ニートがつみたてNISAをしているということで、お尻をたたかれる方もいるのではないでしょうか。

でも、やるかどうかは自由。絶対にやらなきゃいけないものではありません。興味があったら、調べてみてください。

た　野〝尻〟だけに。

南　ありきたりですね。

た　つみたてNISAだけじゃなくて、野尻は申請できる給付金、しっかり毎回もらってるもんな。

南　そんなんあるの？

楽しければお金を使って後悔することはない。興味があれば、お金の勉強をしてみるのもいいかも。

南

働く理由は「使命感」？

給与明細？　請求書？　よく分かりません

僕は、むっちゃお金がないときでも**「お金のために」働いたことはありません。**

むしろ、たかさきとコンビを組んでいた5年間は、チケットノルマでマイナスになることもありました。お給料に無頓着なあまり、吉本に口座を登録するのをサボっていた期間さえあります。みんなから「早くやれ」と言われましたが、面倒すぎて無理でした。

お金がもらえなかったとしても、別に後悔はしません。それでいいと思っています。

た　かっこよさげなスタンスでなんか言ってますけど、そのマイナスはしっかりこっちに降りかかってますからね。家賃払ってないんで。

野　被害を受けてる人がいるんだよ。

そもそも僕は、**給与明細にあまり興味がありません**。「いくら稼いだんだろう」とか、気になったこともありません。

吉本を辞めてからは、自分で領収書、始末書……えーっと、請求書や。請求書を書かなあかんってことになって、そこで初めて1年やっていたレギュラー仕事のギャラを知りました。

た　お前は始末書も書きそうだもんな。

お金のためにやっていたわけではないとはいえ、「お笑いが楽しいから無給でもいい」みたいな崇高な思いでやっていたわけではありません。

使命感で芸人をやっていた感じで、楽しいとかはあんまりなかったです。目の前にあるから「やらなあかんもん」だと思って、やっていました。

今はその使命感からは解放されているんですけど、また「使命を感じたい」とも思っています。また、しんどい思いをしたい。

何かの納期に追われるとか、ネタをつくらないといけないとか……そうなったらなったで、めっちゃ嫌なんでしょうけどね。

でもそういう**苦しみもまた、やりがい**なんやと思います。ないならないで、ちょっとしんどい。縛りは欲しいっちゃ欲しい。俳句や短歌も、「五・七・五」みたいな縛りがあるからいいんですよね。なんもなかったら楽しくないですから。

いざやり始めたら、自由律がいいってなるんですけどね。

た　これ、俳句や短歌の本じゃないから。そういうのはほかの本で読むから。

南　いいたとえ言えたのならばよかったです。五・七・五で。

目指したわけでなく、こうなっていた

芸人辞めて、じゃあどうやって稼いでるんだって思うでしょう。基本的には、ファンの方から「PayPay」等で**直収入**をいただいています。

た　税金気を付けろよ。

野　お金についてよく分かってないみたいだし、YouTubeとかイベント出演のお給料、南には渡さなくてもよくない？

正直に申し上げますと「ありがたい」という気持ちはそこまでありません。たぶん、僕にお金をくださる皆さんは、僕に対して何かをしたいんです。皆さんは、僕にプレゼントをあげたい。じゃあ僕は何をもらったら一番嬉しいのか？　それはお金なので、お金をくださっているだけ。僕にお金をあげることで満足するなら、もちろんもらいます。強要はまったくしていません。

まぁ、神社みたいなもんです。神様はそんなこと求めてないけど、皆さんお賽銭を納めるでしょう。そういうことです。

だから、僕にお金を渡すことで皆さんの生活が困窮するとかは意味分かりません。見返りを求められるのも、面倒くさいです。そんなんするなら、いらないです。

僕自身、僕みたいなヤツがおったら「そら、なんかしたくなるだろう」と思います。お金をもらうために何かを意識してやっているわけではまったくなく、結果的にこうなってしまっているのです。

た 南って、母性本能みたいなものをくすぐるんですかね？

野 いきなり消えたりするしね。

お金のこととか、「働く理由」とか、よく分かりません。それでもなんとか、生活できています。

た

ハッタリで実績を増やす

必死に実績を増やしてスタートダッシュ

動画編集の仕事をスタートし、軌道に乗ったのは3か月後。必死に働いた結果、1か月後の収入は5万円。「これはいけるぞ」と確信して猛烈に働いた結果、3か月後には月20万円稼げるようになっていました。

自分で言うのもなんですが、当時の僕はかなり努力していたと思います。一時期は高速道路のサービスエリアに泊まり込んで**「どこにも行けない」状況**をつくり、とにかく必死に仕事をこなしていました。

← 南 お前の努力なんなん、キモ。

仕事を始めた頃の僕には、まったく実績がありません。だから、まずやらなければならないのは実績を増やすことでした。

今では考えられませんが、日給300円くらいの低単価仕事もどんどん請け負い、ポートフォリオに書ける実績を増やす日々……。

ある程度実績ができてからは、**やったことのない仕事も「できます」とハッタリを言って受注**。なんとか完成させて納品し、少しずつ単価を上げることに成功しました。

ハッタリのコツは、「これは絶対無理」というレベルの仕事は狙わないこと。**「ワンチャン、これならできるかも」と思える仕事を請ける**ことで、自分の能力も上げることができます。

今だから言えることですけど、当時は検索しながら打ち合わせをするような綱渡り的な仕事もしていました。めちゃめちゃドキドキしますが、**不安そうな顔をせず「大丈夫です」と言っていればなんとか乗り切れます**。打ち合わせで分からなくても、**実際の仕事までにできるようにしておけば**

いいのです。

結局、**取引先が欲しいのは「大丈夫」という安心**なんです。これが分かってからは、だいぶ仕事がやりやすくなりました。

危機一髪！　詐欺を回避

夢中でがんばりすぎた結果、詐欺に遭いそうになったこともあります。

「『ジャパネットたかた』に俺なら勝てる」と言っている50代後半のおじさんから、「共同経営で会社をつくらないか」と誘われたのです。

そんなことを言われたのは初めてだったので信じていいのか分からず、危うく資本金を出すところでした。

結局、おじさんの言動に「ん？」と思うことが多く、共同経営はお断りすることに。悪い人ではなかったのですが、お金がめっちゃもらえるような将来は期待できそうになかったのです。

ギリギリで回避できたのでよかったですが、あそこで会社設立を選んでいたら……想像すると、ぞっとします。

南　ヤバすぎるやろ。夢見がちな少女か。

野　当初は、会社やる前提で話してたよね。

南　「ヤバそうやな」と思ったけど、そういう環境に突っ込んでいくコイツを見たかった。僕は「行け行け！」と思ってました。

た　そうだっけ？「大丈夫？」ってずっと心配してたじゃん。

野　僕は、たかさきは正しい判断ができる人間だって信頼してるんだよね。だから、たかさきがいいんだったらやってみたらいいんじゃない？　くらいのスタンスだった。

必死に働く僕の横で、野尻は相変わらずゲーム三昧です。必死なのは僕の勝手なので、ゲームをやっていること自体にはなんとも思いませんが、僕がZoom会議をしている横でボイスチャットをしながら「Apex」をやっていたときは、さすがに「ちっちゃい声で頼むわ」とお願いしました。

これも今だから言えることですが、僕が請け負っていた動画教材の一部には野尻の声が入っています。音量を上げると、「ポータル敷いて！　ポータル敷いて！」と言っている野尻の声が聞こえるはずです。

た　行政の仕事を手伝ってもらおうと、1回野尻に来てもらったことがあります。いてくれるだけでよかったんですけど、暇すぎて、将棋のアプリやり出しちゃって、ちょっとお金を払って帰ってもらいました。

野　もらったお金で丸亀製麺に行って帰ろうと思ったんですけど、霞が関という場所柄、うどん食うにも警備員がふたりいるようなところを通らないといけなくて、怖気づいて帰りました。

南　何そのこぼれ話（笑）。

野　その仕事の給料、僕もいくらかもらったほうがいいな。

南　教材見た人、「ポータル敷いて」って聞いてなんの参考にするんすか。

「ワンチャンいけるかも」と思ったら、引き受けてからがんばるのも手。

第2章

夢なんてないからこそ、どう生きる？

案外、夢や目標なんて持てないもの。僕らがそれぞれどんな思いで進路を決めてきたのか、エピソードとともに振り返ります。南は、まわりに影響されても結局自分らしい道になり、たかさきはいろいろ挑戦してみて自分の得意を見つけ、野尻はとにかく今やりたい楽しいことをやり続けて……三者三様の生き方や、〝憧れ〟へのアプローチ、そして折り合いのつけ方が、将来を考えるうえで何かの参考になったら嬉しいです。

南

ひとり暮らしがしたくて、東京へ

家を出たかった子ども時代

ちっちゃいとき、最初の「将来の夢」は大工さんでした。保育園時代やったと思います。

当時は自分の家に住んでいて、ある日「この家をつくった人すごいな」と思ったんです。親に聞いたら「つくったのは大工さんだよ」と言われたので、「僕もなりたい」と思って。ただ、「実際○○らしいよ」みたいな話を聞くにつれて、「目指さんでもええか」と思うように。その程度の夢です。

た　「当時は自分の家に住んでいて」って言葉初めて聞いたわ。

小学校4~5年生で野球を始めて、卒業文集には「プロ野球選手になりたい」と書いていました。ただ、これも本気の夢ではないです。内容は、

野　僕もプロ野球選手になりたかった。

た　僕も。みんなだな。

イチローが書いた卒業文集のほぼコピペ。唯一の個性は「寮のある高校に行き……」という一文でした。

深層心理で、「家を出たい」と思っていたようです。

今考えると、寮ってつまりルームシェアですよね。**「ルームシェアしたい」が本質的な夢**やったのかもしれません。

野 叶っちゃってるじゃん。

同級生と芸人になるはずが……

野球は、中学2年生でやめました。問題を起こして、部活をクビにされたのです。といっても、そんなにヤバい問題ではありません。

野 問題？ ちょっと緊張走ったね。

監督の家にロケット花火を放った程度です。

野 十分ヤバい。

当時仲のよかった同級生に「芸人になろうや」と言われ、芸人になることを意識するようになりました。関西出身なのもあって、小学校の頃からよく休み時間にコントや漫才をしていたんです。

野 たかさきと俺もやってたなぁ（笑）。

一応「一番おもろい」と言われていたので、誘われたとき素直に「じゃ、なろうか」と思いました。

中学卒業後にNSCに入ろうとしましたが、親に止められたので高校に進学することに。高校3年生になり、まわりのみんなはどんどん就職先・進学先を決めていきます。そんなある日、僕を芸人に誘ったヤツがSNSで「就職決まりました」と投稿しているのを見つけました。

高校に入ってからも毎週くらいの勢いで会っていたけど、たしかに芸人になる話はしていませんでした。僕は「あえて言わん」という〝粋〟やと思っていたんですけど、違ったようです。

もう就職も進学もできない時期だったので「おめでとう」とリプを送り、僕はひとりでNSCに入りました。

思い返すと、たしかにそいつは「就職する」と言っていました。僕は「就職」がボケやと思っていたけど、「芸人」のほうがボケやったんやな。「言わないけど一緒に行く」という心ひとつなスタンスやったけど、違うかったんやなぁ。

こんな感じなので、**芸人は夢というより「なるもんや」と思っていた感じ**です。まわりからも「南は芸人になんねやろ」と言われていたので、それを疑うこともまったくありませんでした。

ひとり暮らしするはずが、家がなかった

関西出身ですが、大阪ではなく東京のNSCに入りました。**理由は、「ひとり暮らししたかったから」**。これホンマですよ。

野 少なくとも自分目線では一回もそう見えたことないし、到底そんな気があったとは思えん。いまだにね。

た ひとり暮らししてくれ。

ただ、契約していた家に行ったら、家がありませんでした。お金も振り込んでいたんですけど、詐欺やったようです。

免許合宿で仲よくなった人の家に転がり込み、1か月くらい居候させてもらいました。無理やり不動産屋に連れて行かれひとり暮らししましたが、結果、半年も持ちませんでした。家賃を滞納して追い出されてしまったのです。それからずっと、転々と居候をしています。

野 ひとり暮らししてたときも、家賃払ってなかったんだね。

た 当時の家に行ったとき、ゴキブリのほうが南よりも楽しそうに生活してました。

ネタ合わせが楽しかった芸人時代

芸人に憧れていたわけでもないので、NSCに入るまで『M-1グランプリ』すら見たことがありませんでした。小学生のときに『エンタの神様』は見ていたと思うけど、そんなに覚えていません。

NSCに入るまで、ネタを書いたこともほとんどありません。でも、「書ける」という自信はありました。やる気はあんまなかったんで量産はできなかったけど、NSC時代からけっこう調子よかったです。

芸人をしていた頃、**一番楽しかったのは「ネタ合わせ」**でした。ネタがお客さんにウケるのも楽しいっちゃ楽しいけど、ほかの芸人が感じている喜びよりは少なかったと思います。ただ、ウケへんかったらストレスは溜まる。だから芸人時代は、基本的にマイナスしかありませんでした。

ネタ合わせは楽しいものの、「ネタづくり」では相方とめっちゃ喧嘩しました。たかさきともよくファミレスでネタづくりしていましたけど、僕のこだわりが強すぎてだいぶ喧嘩したと思います。

ネタをつくる前のアイドリングトークまでは楽しいんですが、ネタをつくり始めた途端にガチャガチャと……そこで仲が悪くなり、解散を繰り返しました。

今は一緒にネタをつくることはないので、大丈夫です。

た　コンビ時代は何をするにも南と一緒にやらなきゃいけなかったけど、今はやる内容により組む相手を選べます。だから上手くいっているんだと思います。

確固たる夢がなくても、人や環境に左右されても、結局は自分らしい選択になっていく。

た

才能のない世界で戦うことをやめた

野 長年ルームシェアしているから分かります。美容学校に通っていた当時は、「絶対にカリスマ美容師になる」と豪語していました。

美容師にならないことを決めて、芸人へ

僕はいろいろ行動はしますが、「絶対に○○になってやる」的な信念を持ったことがありません。どちらかというと、**置かれた場所であがき、ダメだったら次に行く**というやり方を選択してきました。

お笑いが好きだったので、心のどこかでずっと「芸人をやってみたい」という気持ちがありました。

でも芸人で売れるのは狭き門だし、無理だろう……そう考えた僕が高校卒業後に選んだ進路は、美容学校でした。

当時の僕は、具体的に美容師になる未来を思い浮かべていたわけではありません。ファッションが好きだったので、浅い気持ちで「美容師って楽しそうかも」というノリが大きかったと思います。

美容学校に2年通い国家資格を取ることができましたが、就職に失敗。第1志望の美容室に落ちたのを機に、僕は美容師になることをやめました。

> 野　就職の面接対策として、自分が面接官役となって家でたかさきと面接の練習をよくしていました。ありとあらゆる想定をし、万全の態勢で臨んだ結果がこれで、自分としても不甲斐ないです。

せっかく資格を取ったのに「もったいない」と思う人もいるかもしれません。でも、当時の自分には、ずっと「いいな」と思っていたその美容室以外で楽しく働き続けられる自信がありませんでした。

このとき、僕の中には2つの選択肢がありました。

ひとつは、大学に通い直し、一般企業に就職すること。もうひとつが、芸人です。

ただ、今から大学に通い直すとまわりにだいぶ後れを取ってしまう。それならば芸人になるのがいいかもしれない。**やらないで「無理」と思いこまず挑戦してみよう**と思い、僕はNSCに入ることにしました。

南との出会い

NSC入学当初は、自信に満ち溢れていました。が、すぐにその自信は粉々になりました。高校の友人と一緒に入学したのですが、客観的に見てすぐ「こいつと俺で戦える世界ではない」と思ってしまったのです。

友人とのコンビを解散するタイミングで出会ったのが、南でした。

当時の南は、明らかに様子が変でした。

ボケが面白いのもあったけど、そもそも雰囲気がおかしい。普通、人ってボケるときは「変なことをしてやろう」という感じが出ると思うんです。でも南に関しては、「生まれながらにボケの人間」という感じがありました。

た　養成所って、遅刻したらブチ切れられる怖い世界だったんですけど、ある日南が遅れて教室に入ってきて、そのまま講師の席に座るっていうボケをやったんですよ。そのとき、こいつすごいな、肝っ玉据わってるなって思いました。

僕は千葉県出身で、お笑いの文化がある地域で育ったわけではありません。それを差し引いても、南は明らかにこれまで出会ったことのないタイプの人間でした。

野　たかさきは野田市出身なんですけど、ちょっと過疎地域で。独自の文化が育っています。

関西出身だから面白いとかではなく、人間として面白い。「こいつと組んだらいけるかも」と思い、僕らはコンビを組むことになりました。

た 育ってねぇわ。

まず挑戦して、結果が出なければ進路変更

芸人をしていた頃は、とにかく「挫折」続きでした。

南 たかさきは挫折しかしてないっすね。

正直、**「上手くいった」と思えるライブなんて一回もない**と思います。特に平場というかフリートークでは、楽しかったことは皆無に近いです。たまにウケても、それは自分が狙った笑いではない。意図しないところでウケてしまうなど、納得のいかない日々でした。

仮に上手くいったことがあっても、次に同じことができるわけじゃない。毎日が、反省の繰り返しでした。身体の力が抜けて動けなくなってしまい、「うわ〜どうしよう」と思いながら山手線を3周したこともあります。

南 あかんから。あまりよくない。運賃はちゃんと3周分払ってるか。

僕は現実主義者なので、**「結果が出なかったら意味がない」**と思っています。まわりには結果が出なくてもがんばっている芸人仲間がたくさんいて、それもけっして間違いではありません。でも、僕は「売れなくちゃ意味がない」と考えていました。

だから、コロナ禍を機に方向転換することを決心したのです。

芸人で売れることにこだわっていたときは苦しかったけど、**「これからはなんでもやれる」と思ったら楽に**なりました。**持っていない才能の世界で戦うことをやめた**結果、今は自分が「楽しい」と思える仕事をしながら生活できています。

これまでいろんなことをやってきたのは、**自分の得意分野を探す作業**だったのかもしれません。

「やりたいことがない」「モチベーションがない」と悩む人がいると思います。

た 南とのネタ合わせは週6くらい、売れてる芸人レベルでやっていました。その後バイトで芸人仲間としゃべるのも楽しくて、がんばっている感だけは出ていたんで、結果が出ずとも、このまま過ごせたらって思っちゃうこともありましたね。

南 お笑いやってたとき、たかさきは受身だったんですよ。僕のネタ案が出るのを待って、僕の荷物を運んで、社交もやらへん、みたいな。自分から何かすることって基本的になかったんで、映像の仕事を始めるって聞いたときは「大丈夫？　自分で考えて何かできんの？」って思いました。

た 元々めちゃくちゃ活動的ではあったんですけど、お笑いの世界に入ってみて、自分のスキルだけでは無理だと思って、発案系は南を頼りにしていました。自分の得意なことは自分主導で、得意じゃないところは人にお任せするっていう足し引き算は、どんどん上手くなっていっている感じがありますね。

僕は**「やってみないと楽しいかどうかなんて分からない」**と思います。

美容師も、芸人も、クリエイターも、言ってしまえばすべてなんとなく選んだ道。やってみたことで、向き・不向きが分かりました。

だから、先に「やりたいこと」を決めなくてもいいと思うのです。まずはやってみて、行き当たりばったりで考えてみるのもありですよ！

野
「苦手なこと」や「嫌なこと」ってみんなあると思うんですけど、同じくらい「好きなこと」や「楽しいこと」もあるはずですよね。明確なやりたいことがないなら、たかさきのようにまずは「やってみる」のが大事だなと僕も思います。たとえまわりから「大丈夫？」って思われるようなことでも、別にいいと思う。

やりたいことがなくても、大丈夫。
いつか自分の得意分野が見つかって、
やっていることが「やりたいこと」になるはず。

野 未来は3秒先までしか考えない

最後の夢は株式会社ケッツー

僕の幼稚園時代の夢は、「一夫多妻制」。

幼稚園の頃、僕はめちゃくちゃモテていました。バレンタインデーにチョコを15個くらいもらったこともあります。僕は全員のことを本気で大好きだったので、全員と結婚したかった。あれはいい時代でした。

次の夢は、プロ野球選手。小学校から野球を始めて、卒業文集に「野球選手になりたい」と書いた記憶があります。

ただ、中学校でその夢は諦めました。かなりの野球強豪校だったので、

僕以上に上手い人がゴロゴロいたのです。それを見て、僕にプロ野球選手は無理だと思いました。

それ以降、**夢らしい夢は持ったことがありません**。

……いや、そういえば高3のとき「将来は社長になる」と言ったことがあります。

まわりが進学先を決める中、フリーターになろうとしていた僕。当然、まわりからは「卒業後どうするんだ」と聞かれます。考えた末、僕は「10年後にBIGになるわ」と宣言していました。その具体的な案が「社長」でした。当時のニックネームが「ケッツー」だったので、会社名は「株式会社ケッツー」。思い返せば、これが最後の夢ですね。

←た そんなん、飲み会の話題で終わらせろ。

先日、たかさきに「今日なんの日か分かる？　僕が高校卒業のときに『株式会社ケッツーをつくる』と言ってから10年後の記念日だよ」と言ったら、

←た ケッツーの話すんな。

「そっか、ありがとう」とだけ言われて終わりました。

楽しいおじいちゃんライフを目指して

今も、「今後○○をしたい」みたいな夢はありません。これがいいのか悪いのか、自分でもよく分かりません。

ただ、**「めちゃくちゃ楽しんでいるおじいちゃんになりたい」という目標**はあります。

おじいちゃんになっても、友達と麻雀をしたりお酒を飲んだりして「うえ〜い」とやっているような老後を過ごしたい。ずっと変わらず、アクティブでいたいのです。

南 え、おじいちゃんになりたいんすか？

た 「楽しい」おじいちゃんね。長生きすればおじいちゃんにはなれるから。

南 なかなかおらんすもんね、楽しんでるおじいちゃん。

僕は今ニートなので、まわりからは「お前ヤバいぞ」と思われているかもしれません。一般的にはそれが正しい感覚だと思うけど、僕はそんなに自分の現状をヤバいと思っていません。

自分で「やりたい」と思わないと行動できないタイプなので、とにかく目の前にある楽しいことをずっとやり続けていきたい。**未来は、3秒後までしか考えません。**

南　ポジティブなニワトリっすね。3秒後までは考える。

今やりたい、楽しいことをやり続ける。

その先に、きっと理想のおじいちゃんライフがあるはず。そう強く思っています。

だから「めっちゃ働きたい」と思ったら、いきなり働き出す可能性もあります。僕が働き出しても、びっくりしないでくださいね。

目の前の楽しいことをやり続けるだけで、人生は進んでいく。

南

初心は、忘れてもいい

毎日限界だったあの頃

２０２０年７月、僕は「オドるキネマ」というコンビを組みました。

すぐに結果が出て、劇場のバトルライブで優勝したり、ネタ番組に出たり、『M-1グランプリ２０２２』で準々決勝まで進出したり……なかなか順調に売れかけていたと思います。

でも、２０２３年１月に、「オドるキネマ」は解散しました。

一番の理由は、**僕の体力が続かなかった**からです。仕事が終わったら、へとへとで家にたどり着くので精一杯。まともに動くこともできず、そのまま眠りにつくような毎日でした。

もちろん、テレビにいっぱい出て売れている芸人に比べたら全然忙しくないです。ただ、毎日何本もライブがあるような生活は僕には耐えられませんでした。

ご飯を食べる体力もなかったし、精神的にもしんどかった。

ひどいときは、自分が今どこにいるのかも分かりませんでした。

地方で仕事があったとき、ホテルで目が覚めると自分がどこにいるのか分からないのです。地図のアプリを開いて、やっと「今ここにいるのか」と理解するようなことが頻繁にありました。

コロナ禍も影響していると思います。

コロナに感染した芸人がいると、ほかのコンビが「代演」としてライブに出演します。僕と相方は幸か不幸か感染しなかったので、自分たちの出番に加えて、代演・代演・代演……。

休む暇がなくて、こんなこと言ったらダメですけど「コロナになられへ

た　僕から見てても、だいぶ無理そうでした。南は睡眠が必要なタイプの人間なのに、全然寝られてなかったので。「絶対にいつか音を上げるだろう」と思うくらい、しんどそうでしたね。

た　マジで限界すぎる。

んかな」とずっと思っていました。
そのくらい休みたかったけど、休めないくらい忙しかったのです。

た そういうこと、本当に言っちゃダメだよ。

ダラダラ続けることは頭を使っていないこと

「これ以上売れたらヤバい」。そう思って、僕から解散を切り出しました。
解散が決まったとき、世界に色が戻ってきました。

野 危ねぇ。

「オドるキネマ」として活動したのは、2年と少し。**積み上げてきたものを手放すことに、なんのためらいもありません**でした。
今でこそ「ちょっともったいなかったな」と思うけど、当時はしんどすぎて無理でした。今でも、あのときの選択は間違っていなかったと思っています。

南 忙しいとき、KOHHの「Rope」っていう曲をめっちゃ聴いてました。

た 限界のときに〝ロープ〟ってちょっと怖いな。

解散すると発表したとき、いろんな意見をもらいました。
僕と親しくない人からは、「意味分からん」とか「奇行や」みたいなことも言われました。でも僕のことを知ってくれている人は、「この状況で辞めるんやったら、本当にそういう人間なんやな」と分かってくれていたと思います。

「ファンがかわいそう」とか「相方に申し訳なくないのか」とか言う人もいましたけど、僕からしたらそっちの意見のほうが意味分かりません。**こんなにしんどい状態をダラダラ続けるって、逆に「頭を使ってない」**ってことではないでしょうか。

辞めてよかった、けれど

一番大事なのは、自分の気持ちだと思います。**しんどかったら、誰かに遠慮とかせずに手放していい**のです。

まぁ、僕は人一倍握力がないんですけどね。自分なりに大事に持ってたつもりですけど、持ち続けることはできませんでした。

た 「どうせまた芸人やりたくなるんだろうな」と思いましたけど、言っても結論は変わらないんで何も言いませんでした。どうせ変わらないんで、こいつに自分の時間を使いたくない(笑)。友達と「南がまた言ってるよ」とかバカにしながら、酒を飲んでいました。

野 そういうのも楽しいし、いいよね。

た 僕も、解散で相方に対して「ごめん」って思わなくていいと思います。だって、仕事ですもん。コンビの関係性において、同情はいらないと思います。

「オドるキネマ」のときは、早く「ネタをやらんでええ場所に行きたい」と思っていました。ネタを考えたり毎日ライブに出たりする生活ではなく、その場でしゃべるだけでいいバラエティーのひな壇に早く行きたい。なんも準備しやんでも、ぱっと行ってぱっとしゃべって帰るような芸人になる……これが僕の理想でした。でも、そんな都合よくはいかないです。

好きで始めたのに、上手くいかないなんてよくあることです。恋愛と一緒です。好きで付き合い始めたのに、好きじゃなくなって別れるなんてよくあることじゃないですか。まぁ、僕の場合「お笑いが好き」だったのかはよく分からないですけど……。

初心は、忘れてもいいのです。

ただ、「辞めてよかった」みたいなことを散々言ってますけど、実はまたコンビを組んで芸人をやりたい気持ちがあります。

野 「初心」で思い出したんですけど、中学校のとき2個上の先輩が練習着の胸に「初心」って書いてたんですよね。みんな、ずっと「初心先輩」だと思ってました。

た 『初心先輩』だと思ってました」で終わんな。

野 すみません。「初心」が名前だと思っていました。

た 南は自分で「また芸人をやりたくなるだろう」とか、想像できないんですよね。芸人に戻ったところで、また「しんどい」と言い出す可能性も全然あります。でも、そういう生き方があってもいいと思います。

好きで始めたことを、嫌になってやめたっていい。それと同じで、**嫌になってやめたことをまた始めたっていい**と思います。

幸いなことに、芸人ってそういうことがやりやすい職業です。僕のやり方がベストではないけれど、またやれる可能性があるのはありがたいなと思います。

お笑いが僕に一番向いていることかどうかは分かりません。何が得意なのかも分かりません。

けど、また芸人に戻る日がやってくる可能性は多分にあります。

しんどいときは、手放すのもひとつの選択肢。
好きで始めたことを、途中でやめたっていい。
また始めたっていい。

た　南は、考えることは得意です。合ってなくても合っているような回答ができるし、思考能力が高い。けど、続かないんですよね。「大変だ」と思ったら即シャッターを下ろすので、ムズいヤツです。瞬間的にはすごく能力が高いけど、継続が本当にできません。

南　時間って瞬間の連続やから。

た　写真とか超強いのかもな。瞬間、瞬間だけ切り取られたら最強。

南　「千年に一度の美少女」のときの橋本環奈？

た　普通は、再挑戦するときは違うやり方で挑むと思うんですよ。でも、南は下手したらまったく同じことをしかねない。南の「見世物」のような人生を、みんなで楽しみましょう。

た

やりたいことって後から見つかる

最初から「やりたいこと」が決まっているなんて変

「夢」がないことにコンプレックスを感じる人、けっこういますよね。僕は、**夢なんて「普通ねぇよ」**と思います。逆に、明確にやりたいことがある人のほうが嘘なんじゃない？　と思っています。

たとえば「野球選手になりたい」という夢を持っている人。野球選手になりたくて野球を始めたのではなく、「たまたま上手だったから」楽しくなってきて、目指しただけの可能性があります。野球がめっちゃ下手なヤツが、いつまでも野球を愛して「選手になりたい」と思い続けているほうが、個人的には異常だと思います。

普通、**やりたいことって後から見つかるもの**だと思うんです。**やってみたら、結果「やりたいこと」になった**。そっちがスタンダードなんじゃないかな。最初から「夢」にできるほど好きって、むしろ怖い。

だから、**まずはやってみたらいいんじゃない？**……というのが僕の考えです。

僕は「夢なんて普通はない」派ですけど、仮に「夢」があるなら、それを追い続けることは否定しません。

夢を追いかけること自体が楽しいなら、追いかければいい。

ただ、**そればかりになって人に迷惑をかけたり、追いかけた時間相応の〝結果〟を求めたりするのはちょっと違う**と思います。「こんなにやっているんだから夢は叶うはず」みたいなことを言う人がいたら、「そんなこと言う前にもっと頭使え」と思っちゃいますね。個人的には「結果が出なかったらやる意味はない」という考え方なので、夢を〝叶える〟ことに比重を置くなら、やり方を変えたほうがいいと思います。

南 僕は85歳までなら夢を追っていいと思います。

野 85歳と86歳の違いって何？ まぁ、僕も「夢を追う」ことに年齢は関係ないと思います。ただ、夢を追うがあまり「家族をほったらかす」とか、そういうのはダメだと思う。

不得意を知ることで、得意も見えてくる

僕は、「クリエイターになりたい」と思って今の仕事に就いたわけではありません。美容師や芸人に挑戦する過程を経て、自分の才能を発揮できる分野にたどり着けただけだと思っています。

自分自身、まさか仕事になるほどデザインができるとは思っていませんでした。**環境を変えるために初めてのことに挑戦して、やみくもに努力した結果、自分に向いていた**というだけ。

「芸人」の世界で発揮できる才能は、僕にはあまりなかった。

その世界で戦うことをやめてみたら、思ってもみなかった得意分野を見つけられた。……そんな感覚です。

得意分野を見つける過程の中で、苦手分野も明確になります。僕の場合、「書類を書く」ことがめっちゃ苦手だと分かりました。

南 たかさきって誤字脱字が多いんすよ。めっちゃダサい。

野 たしかにめちゃくちゃ多いね。

た 「伝わればいい」と思っちゃって、丁寧にできないんだよね。

たとえば、自分の名前をアルファベットで書くことすらまともにできません。先日パスポートの申請をしたのですが、「YUSUKE（雄介）」と正確に書くことに失敗しました。「U」の数を間違えてしまったのです。あと一歩で海外に行けなくなるところでした。

こういう、几帳面さが必要な作業は僕には向いていません。たぶん、少しでも興味を持てないことに関しては、好きにも得意にもなれない性格なのだと思います。**苦手なことは、得意な人に任せたほうが上手くいきます。**

これが分かったのも、いろんなことをやってみた結果です。

た 「新生活」みたいなのも苦手なので、新しい環境に挑戦するのやめました。初めての仕事とかも、仲のいい人と一緒にできるものだとちょっと好きになれます。

夢なんて、普通はないよ。
向き・不向きを考えるより、まず行動してみよう。

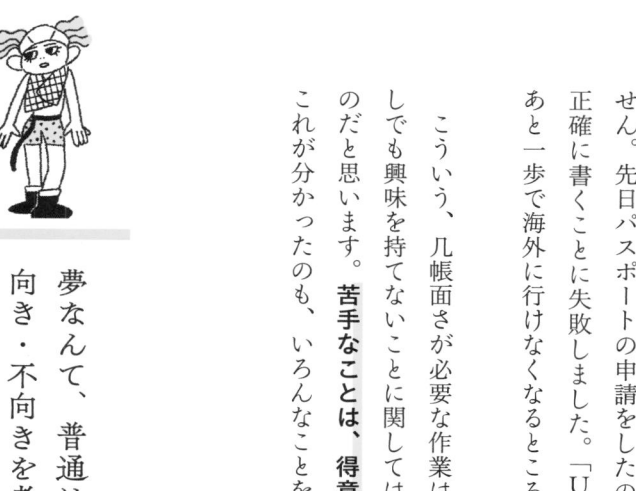

野

中3の夏、めちゃくちゃ遊んでから受験期に突入

勉強が楽しかった受験期

僕が人生で一番がんばったことは、高校受験です。

中学3年の夏、そろそろ志望校を決めないといけない時期です。僕はまったく高校の情報を知らず、進学先について何も考えていませんでした。

千葉県の高校一覧が載っている冊子があったので「開いたところに書いてある高校に行くわ」と言い、パッと開いたページにあったのが僕の出身高校。その場にいた友人が同じところを志望していたので、一緒に目指すことになりました。

た　すごいっすね。

適当に決めたので、志望校の立地や学力、校風など、なんにも知りません。受験勉強を始めてから、実はけっこう難易度が高いことを知りました。結局、模試では一度も合格判定を出せないまま受験本番を迎えることに。受かってよかったです。

僕は、**家は「息抜きをする場所」**と決めています。

家では絶対に勉強したくなかったので、毎日塾に行きました。家では息抜きに徹する分、塾ではめちゃくちゃ勉強する日々。

親からは勉強している姿が見えないので、「大丈夫？」とだいぶ心配されましたが、無事に合格。人生でもっともがんばった時期でした。

それだけがんばれた理由は、**「勉強が楽しい」と思えた**から。

入り口は「友人と同じ高校に行きたい」という気持ちだったけど、やっていくうちに勉強自体が楽しくなったのです。その延長線上に「高校合格」という分かりやすい目標があったので、そこを目指していた感覚。本当に努力していたと思うけど、苦しさより楽しさのほうが大きかったです。

後悔しない選び方

勉強をがんばり始めたのは、中3の秋以降です。

普通は、夏休みくらいから本格的に受験勉強を始めると思います。部活を引退し、それ以降が受験期本番というイメージ。だけど僕は、夏休みはめちゃくちゃ遊びたかったのです。

まわりの友人は当然、夏期講習に通っていました。でも僕は、夏休みは「遊ぶこと」を選びました。そして、思う存分遊びました。

木 誰と遊んだん？

結果的に志望校に受かることができましたが、仮に落ちていても、僕の性格的に夏休みに勉強しなかったことを悔やんではいないと思います。

なぜなら、「夏休みは遊ぶ」と決めたのは自分だから。

「勉強しなきゃ」、「でも遊びたい」。

……こんなふうに、複数の選択肢から自分の行動を決めないといけないことって、よくあると思います。

一般的には、勉強するほうが正しい選択ですよね。もし遊ぶことを選んで受験に失敗したら、みんなは「後悔するだろう」と思うでしょう。

でも、**「後々何が起きても後悔しない」と先に決めれば、後悔はしません。**

自分で判断したことなら後悔しない。これが僕の信条です。

南 なんで後悔しちゃいけないの？　後悔したら、戻ってやり直せばいいじゃん。

た どうした？　いきなりキャラ変わったな。

南 後悔なんて、みんなしますよ。自分のこと、全知全能の神かなんかだと思ってる？

た 南の、何かの扉を開けてしまったようです。

一般的に正しいほうを選ぶのではなく、自分で判断するのが、後悔しないコツ！

南 ネタづくりは想定通りに進まない

理想と現実って、ギャップありますよね。

コンビを組んでいたとき、僕はネタを考える担当でした。「めちゃくちゃええのできた」と思って持っていっても、いざ相方と合わせてみると「全然ちゃうな」となることはよくあります。

僕の場合、想定していた出来ではなかったとしても、「理想通りに仕上げよう」とは思いません。とりあえず、**できたものを「どうするか」**考えます。

た　時間をかけたくないので、僕もできあがったものを「よくする」作業をします。最初に描いていた理想のイメージは捨てますね。

僕はネタをつくるとき、完成形が思い浮かんでいるわけではありません。そうではなく、**おもろい〝種〟が生まれて、それを育てているイメージ**です。だから「こんなふうに育ったらいいな」とは思うけど、その通りにい

かなくても「そっちに育ったか」みたいな感じで受け入れます。

イメージ的に近いのは、出産ですかね。「男の子が欲しかったけど女の子が生まれたから無理」とか、意味分かんないじゃないですか。想定外に女の子が生まれても、育てますよね。まぁ僕は男の子がいいんですけどね。

た　そういう話じゃないよ。「子どもは男女どっちが欲しいですか」じゃないよ。

相方としゃべりながらネタを詰めていくので、その結果できあがったってことは「本来こう育つはずだったんやろう」という感じです。

理想と現実は離れているかもしれないけど、現実はそんなにすぐ理想通りになりません。無理して理想を追い続けるより、**現実をこねくりまわして、折り合いをつけていく**ほうが得策です。

今あるものを「どうするか」。
理想を追いかけるより、
そっちのほうが早く結果が出るのかも。

た

何歳になっても、変わらず尻を出せる人でいたい

「若いうちにやっておくべきことはなんですか？」

よくある質問です。でも僕は、**「やっておくべきこと」なんてない**と思います。

僕は、「何歳だからこれをやるべき」みたいなことは思いません。年齢に縛られてつまらないと思います。年齢は記号であって、**いつでも自分がワクワクできることをやっていればそれでいい**と思うのです。

「若いときの苦労は買ってでもしろ」みたいな考え方もありますけど、苦労せずに生きられるならそっちのほうがいい。

南　「若い」がよしとされる傾向があるけど、漫才は年を取ったほうが説得力が増してウケたりします。

野　ニートから言わせてもらうと、「いつでも有意義な時間を過ごすのがいい」と思います。たとえば、遅く起きてご飯食べてスマホをいじってテレビ観て寝る……みたいな生活をNGとする人もいます。でも、その生活が自分にとって有意義なのであれば、何歳までHAPPYで続けたっていいと思います。

苦労したい人が、苦労を買えばいいのです。わざわざワクワクしないほうに行くのは、僕は嫌です。**苦労したくないなら、いつかなるときも「苦労しない楽な道」を選んでいい**んじゃないでしょうか。

た　「EASY EASY いい人生」です。

僕は、この本が出る日に30歳になります。

「30歳でこの服着てたらきついかな」と思うこともあるけど、**年齢を理由に何かをやったり、やめたりする必要はない**と思います。

野　僕はもう30歳になりました。

極端なことを言えば、20歳のとき友達の前で尻を出していたヤツに「30歳になったからもう尻は出さない」みたいなスタンスを取らないでいただきたいです。ワクワクするなら、何歳になっても尻を出していいのです。

野　この前、たかさきの顔の近くで尻を出しました。僕は何歳になっても、尻を出せます！

年齢は飾り。
いつでも自分がワクワクできることをやろう。

いつ死んでもいいように「今」を楽しむ

人間って、いつ死んでもおかしくないですよね。事故とか、病気とか、いつ何があるか分からない。大げさかもしれないけど、僕は**「いつ死んでもいい」と思えるように生きたい**と思っています。**自分が心から「楽しい」「やりたい」と思えることだけ、やっていたい**のです。

こういう考え方だから、「ニート」という状況に焦りを感じていないのかもしれません。

僕の人生観は、昔の彼女と別れた理由を知ってもらえたら理解できると思います。

当時、僕は24歳。彼女から「そろそろ将来のことを真剣に考えたい」と言われました。「就職して、結婚してほしい」というのです。僕も彼女の

南 僕が以前「いつ死んでもいい」と言ったら、野尻さんに同意されました。このとき僕は病んでいて「いつ死んでもいい」と言ったんです。そこに同意してきたんで、ヤバい人だと思いました。

た そもそもエグい会話してんな、お前ら。

ことが大好きだったので、離れたくありませんでしたが、熟考した僕の結論は……「就職せず別れる」でした。

彼女にここまで言ってもらえることなんて、そうそうないと思います。でも当時の僕としては「仕事がしたくない」というより、「今は仕事をするときではないな」という感覚だったのです。

仕事のほかにやりたいことがあるのに、結婚という未来のために自分の気持ちを曲げてまで彼女といなくていい、と思い、判断しました。

将来のことを考えるのではなく、「今」の気持ちに正直に。これが僕の人生観です。

た すごい芯があるな。

南 そんな状況になったら、普通は一択っすよ。

野 情けないっすね。今考えたら。

南 なんでその常識はあるんだよ。

未来のことは考えなくていい。
「今」の気持ちを大事にしよう。

第3章

人間関係の
ストレスを減らせ！

ひとりきりでは生きられないからこそ、コミュニケーションの悩みは極限まで減らしたいですよね。友達としゃべったり、3人で言い合いをしたりするだけの動画も多い僕たちが、普段どうやって人と関わっているか、言葉にしてみました。仲よくなるためにどんな工夫をしているか、嫌なことをされたらどう対応するかなど、僕らのスタンスは割と攻撃的かもしれませんが、あなたの気持ちを楽にするヒントが見つかる可能性もあります。

た

ちゃんと「お前がヤバいよ」と伝える

場を濁してから消える

僕は〝いじられる〟ことが多いです。

いじられて、いい気持ちがしない場面もあります。相手がサービス精神でいじってくれているなら、僕も楽しいです。でも、中にはいじりといじめの境目が分からなくなっている人もいます。

言葉に悪意が込められていたり、つまらなかったりするとき、僕は**我慢しない**ようにしています。

言える雰囲気だったらちゃんと怒りますし、場合によっては帰ります。

野

以前、男女10人くらいで居酒屋に行ったことがあります。その場が楽しくなかったようで、たかさきはひとりで先に帰りました。攻撃的ないじりがあったので、たかさきが帰る気持ちも理解できました。

帰る理由は、**「その場に来た自分がミスっている」**と思うからです。

たとえば同窓会など、自分が「楽しめる」と思って行った場所が「楽しめない」ことがあります。以前は仲のよかった相手でも、年月が経って「いじりといじめの区別がつかない」人になっている可能性があります。

た：「ひとりで食ってる飯のほうが美味《うま》い」と思うような人とは絶対飯食わないです。たとえ先輩でも、遠慮してしまうような関係性の人とは絡まないです。

「今の言い方は違うよ」と相手を正そうとするのも気持ち悪いし、相手の変化に気付けず来てしまった自分も問題です。

そんなときは我慢してその場にいることはせず、「自分がミスったんだ」と思って帰ります。そして、野尻など信頼できる人に、後からめちゃくちゃ悪口を聞いてもらいます。そうやって気持ちを落ち着かせます。

南：ゴミカスやな。

おとなしく帰ることはありません。

僕は、**その場の雰囲気を悪くしてから**帰ります。「そっちが気を遣わないなら、こっちも気ぃ遣わないよ」というスタンスです。

場を濁さないで消えるつもりは、一切ありません。

木：僕は「嫌われる勇気」をこの人に教わりました。先輩です。

いじりといじめのボーダーライン

いじりといじめの区別、もしかしたら「難しい」と思う人もいるかもしれません。

僕の考えでは、いじりがウケなかったときに、**相手に責任転嫁をするヤツは「いじめ」**です。中には、僕の反応を見て「面白くない」と言ってくる人がいます。そういうとき、僕は相手が「言わなきゃよかった」と後悔する将来を目指して、**すごい傷つくことを言い返したりします**。想定していただろう反応と違う返事をするだけでも、相手はびっくりするんですよね。

悪意のあるいじりをしてくる人の多くは、自分が何をやっているのか理解していません。「察してくれ」と思っても無理なので、**ちゃんと「お前がヤバいよ」と伝える**のが僕のやり方。

いじられキャラの人って、嫌なことを言われてもついヘラヘラしちゃうんですよね。そうすると、どんどんナメられてしまいます。怒らなきゃい

南 いじめといじりの違いか。楽しいのがいじりで、もっと楽しいのがいじめやな。

野 生粋のいじめっ子だ。

南 ……というのはさておき。

た 否定はしないの?

南 この違いは「リスペクトの有無」ですね。いじめって、下に見ている相手にやること。いじりは、おもろい返しをしてくれる信頼があるからやれることです。

けないときは怒らないと、自分ばかりが嫌な思いをしてしまいますよ。

相手に気を遣って本音を言えないこともあるかもしれません。そんなふうに自分が我慢するなら、もう**縁を切って**しまいましょう。相手の嫌なところばかり目に付くようになったらもう仲よくするのは無理です。いったん距離を取りましょう。

相手が元々仲のよかった友達だったりすると、「相手のダメなところを変えたい」と思うかもしれません。でも、**「変えたい」という思考のほうがヤバい**。「お前のため」とか言い出したらもう終わりです。残酷かもしれないけど、そういう相手とは離れたほうが楽になれますよ。

た ストレスは溜めずにその場で発散したほうがいいです。相手のせいでこっちの宿題になるの、意味分かんないんで。

南 僕もたかさきの嫌なところばかり目に付きます。

た あと「俺だから怒んないけど」もヤバいと思います。

野 嫌なところを受け入れてなお一緒にいたいと思えるのが、友達だよね。そうじゃないなら、一緒にいなくていいよ！

嫌なことをされて、我慢する必要はない。「察してくれ」は無理だから、態度や言葉で伝えよう。

野

褒められたら「もうちょっと詳しく聞かせてもらえる？」

誰かに褒めてもらったら、どんなリアクションをしますか？

「いやいや、そんな……」と謙遜する人も多いかもしれません。

僕の場合は、**素直に受け取ります**。そのうえで、**自分の中で判別**するようにしています。


ポップアップイベントなどで、視聴者の方と直接お会いするとき、たまに「野尻さんカッコいいです！」と言っていただきます。自分では自分のことを「カッコいい」とは思わないけど、相手は本当に僕のことを「カッコいい」と思ってくれているのかもしれない……だから、素直に受け取るようにしています。

「好きな食べ物」と同じですね。僕の嫌いな食べ物が好物の人もいるだろ

南 僕は褒められたら「分かってるね〜」と思います。

た 褒められたときのリアクション、僕は下手かも。相手が欲しい返しは「ありがとう」で合ってるのかな？ と考えてしまいます。

うし、その逆もしかり。

相手側からの評価は素直に受け取りますが、だからといって「僕はカッコいいんだ!」とはなりません。**いったん自分の中に落とし込んでみて、自分自身もそう思うか、思わないか、判別すればいい**と思っています。

褒められたとき、素直に受け取るのが恥ずかしい人もいるでしょう。そういうときは、**「もうちょっと詳しく聞かせてもらえる?」**と言ってみるのがおすすめです。「いやいや……」より、そのほうが相手も楽しいと思いますよ。ぜひ、やってみてください!

褒められたら、素直に受け取って。
相手も嬉しくなる返しができたら素晴らしい!

南 激しく同意や。

た 否定じゃないほうがいいよね。僕も「Yes! Yes!」とか言うかも。文面なら、喜びが伝わるように「いぇす!!!!」とか。

南 「OK」の次に有名な肯定の言葉やな。僕は「からの〜?」とか言う。でもそのワンパターンだとよくないから、褒められている途中くらいで「お前がな」と若干のピリつかせに入る。「それ、〇〇にも同じこと言えんの?」とか論点をずらす。

た ピリつかせるの?

南 ポップアップイベントのときとか、褒められ続けるから退屈になっちゃう。だから、こっちでおもろいポイントを見つけな、立ってられへんくなる。

南

わざとスベるようにしたら、コミュニケーションできるようになった

いじられへんキャラを変えた

人と過ごすにあたって**「愛嬌」って大事**だと思います。

とっつきやすさとか、話しやすさとか。愛嬌の有無がコミュニケーションのカギを握っている気がします。いじりといじめの境界線は難しいけど、ある意味、いじられる人って愛嬌がある。

いじられ上手はコミュニケーション上手であるとも言えます。

僕は以前、めっちゃ愛嬌のない人間でした。そもそも、人とまともにコミュニケーションを取る気すらありませんでした。

た　いじられない人って、めちゃくちゃマジメなんだと思います。

野　一緒に住んでいるのに、以前は最低限のことすらしゃべらなかったよね。最近は、他愛のないことですけど「この飲み物知ってますか?」とか話しかけてきます。

芸人と過ごしているときも、ずっといじられへんキャラでした。長いこと、とっつきにくいヤツやと思われていたことでしょう。

た　何その会話。気持ち悪い。

後輩が増えてきて、「さすがにこのままじゃダメだ」と思いました。そろそろ、人とちゃんとコミュニケーションを取らなあかん。

そこから僕がやるようになったのが、**意識して「スベる」**ことでした。

いじられるって、つまり**「負け芸」**ができるかってことです。

「わざと」スベる

後輩の前で、先輩である僕がずっと「おもろいこと」ばっかり言っていたら「すごいっすね」で終わってしまいます。

後輩からただ尊敬されて終わりなんて、気持ち悪すぎる。なので、**あえて「おもんないこと」を言うことで、ちゃんと「この人おもんないこと言うんや」と安心してもらえる**ようにしました。こうすることによって、後輩も僕とコミュニケーションが取りやすくなったんじゃないかと思います。

木　たしかに、後輩が「最近南さんはどうツッコめばいいのか分からないことを言って去っていくようになった」って言うのを聞いたことがあります。

意識してスベるようになるまで、僕はずっと「ツッコミ」を想定してボケていました。

「こうツッコんでほしいからこうボケる」……これって結局、クイズなんですよね。相手は、試されている感覚だったと思います。

コミュニケーションを取っているようで、僕としゃべっている人はずっと緊張感があったんだろうな。

それに気付いたので、ボケ・ツッコミを想定せず適当にしゃべるようになりました。特に後輩に対しては、そうしています。

スベるようになって愛嬌が出たのか、だいぶ会話がマシになりました。

何も意識せずいじられている人って、天然で抜けている部分が多いんですよね。**完璧な人なんていないので、誰でもいじられる要素、つまり愛嬌は持っている**と思います。

野

いじられるためには、隙や欠点も含めて自分を知ってもらうこともめっちゃ大事だと思います。相手に合わせて会話していても、どういう人間か分かってもらえない。だから、ある程度自分を出して、相手がどう反応するかを探ってみたらいいんじゃないかな。

上手にいじられるためには、**第一印象も大切**かもしれませんね。

たとえば打ち合わせのとき、極端に大きなパソコンを持っていくなんてどうでしょうか。そこを指摘されたときの「返し」だけ用意しておけば、おいしい展開になると思います。

〝揚げ足〟は、上がっているから取られます。**わざと足を揚げる**ことも、コミュニケーションにおいて大事なのかもしれません。

た いじられなかったら地獄だろ。

わざと揚げ足を取らせる。

負け芸を覚えて、いじられ上手になるのも楽しいかも。

た 一緒に仕事をするうえで、上下関係はない！

フリーランスは、どうしても「弱い立場」になりがちです。僕もフリーランスでクリエイターをしているので、自分から「弱い立場」に行かないように気を付けています。

たとえば、打ち合わせ中に、上司のようなスタンスでマウントを取ってくる取引先がごく稀にいます。僕が年下かつフリーランス、しかも金髪なので、自分のほうが「立場的に上」としてそういう態度をとるのです。でも、同じプロジェクトに関わって、**一緒に仕事をしているという意味では、立場は対等**なはず。こういうときは、この仕事がなくなってもいいという気持ちで仕事をします。下手に出てしまってはいけません。失礼なヤツに対しては、僕も失礼な態度で対応します。

←木 なんかずっと前提が逆境だな。

なぜなら、下に見られることは僕の負担が増えることに繋がるからです。ナメられると、「これもよろしく」「あの修正も追加で」と必要以上に作業が増えてしまう。そうなってしまった場合は、「これ以上作業が増える場合は、追加予算が必要です」と伝えます。

言うべきことはちゃんと言う。これが僕のモットーです。

た　我慢できるギリギリのラインで働きたくないじゃないですか。どうしても言いにくいときは、「ほかの人も関わっているんです」って、「自分のわがままじゃない」スタンスで交渉することもあります。

また、**「謝りすぎる」ことも得策ではありません**。

ミスをしたら、ちゃんと謝るのは当たり前。でも、ミスをしているか分からないにもかかわらず、責められると謝ってしまう人がいます。悪くないのに謝ってしまうことは、自分から「責められやすい環境」をつくることに繋がるので注意が必要です。

働きやすい環境を守るために、
下手に出たり反射的に謝ったりするのはやめよう。

兄と姉のいいとこどりで、僕の人格ができあがった

野尻家は、年に2回家族旅行に行くほど、めちゃくちゃ仲がいいです。

僕の人格は、完全に野尻家にルーツがあります。

3つ上の姉には、特に影響を受けました。

かなり強烈な性格で、子どもの頃は「姉が言うことは絶対」みたいな関係。たとえば「18時でゲーム交代」と約束しても、姉が「18時半まででしょ」と言ったら絶対に抗うことはできません。

言い返したら喧嘩になるだけなので、姉の言うことは反抗せず受け入れるしかない……そんな子ども時代を送りました。

姉との関係から、僕は**「目の前に起きた事実をそのまま受け入れる」性格**になりました。

僕の「抗わない」スタンスは、このようにできあがったのです。

た 僕も家族仲はすごい良好です。家族の誕生日会をするし、たまに僕らの家に妹が泊まりに来たりもします。

南 うちは、ちょうど逆です。親は熟年離婚し、兄ちゃんは誕生日のときだけ連絡する関係。お母さんは、自由にのびのびと育ててくれました。たまに、お金を送ってます。ちなみに弟もいて、僕は弟がめっちゃ好きです。友達が減るくらい、ずっと一緒におりました。

逆に、9歳上の兄とは一度も喧嘩をしたことがありません。一緒にゲームをしたりギャグをやったり、楽しいことをたくさん教えてくれました。

僕の**ポジティブな性格**は、完全に兄の影響です。

姉が月だとしたら、兄は太陽。月のおかげで抗わずに受け入れることを覚え、太陽に感化されてポジティブマインドを手に入れました。

このふたりからいい影響を受け、両親がのびのび育ててくれて、僕ができあがりました。

た　いいとこどりニートなんだよな。

自分も両親みたいな親になりたいし、自分たちみたいな兄弟を育てたい。

そのくらい、家族が大好きです。

家族のかたちはいろいろ。だけど、
もしいい影響を受けたと思えることがあったら
家族に伝えてみるのもいいかも。

南

やられたら徹底的にやり返す

先輩芸人にも謝らせる

僕は、人に何か嫌なことをされたら**徹底的に喧嘩**します。10倍で返す。相手が敗北を認めるまで、過剰に追い詰めます。

悪は絶対的につぶす。これが僕のやり方です。ちっちゃいときから、このスタンスは変わりません。

「南は人の好き嫌いが激しい」と思われがちです。実際、そうだと思います。でも僕が好きじゃない人って、ほかの人からも嫌われていることが多いんですよね。だから、こっそり「よく言ってくれた、ありがとう」みたいなことを言われることも多いです。

た
スタンスがスズメバチじゃん。

南
嫌なことをされても嫌だと言えない人には、「自分だけの意見じゃない」と思ってほしいですね。「その話をほかの人が知ったら、みんなムカつくねんで」って思います。ムカついた外野の人間が文句を言ったら話がこじれるけど、相手にきれいに伝えて解決できるのは、本人だけなんやで。

それもあって、間違ったことをしているつもりはありません。逆に、我慢しているみんながすごいのです。

もちろん、何もされなかったら自分から絡みにいくことはありません。ぶつかりにいくのは、危害を加えられたときです。何か嫌なことをされても我慢する人が多い中、僕は**直接ぶつかりにいく**。アプローチがみんなと違うのです。

芸人をしていたとき、先輩と揉めたことがあります。

芸人は上下関係が厳しいので、普通は後輩が負けます。でも僕は、相手に謝ってもらうまで喧嘩しました。「相手と向き合ってる」みたいなつもりは一切ありません。ただ、悪を滅ぼしたい。許せへんから。

敗北を認めさせるまでやりあうのって、けっこう体力を使います。「嫌なヤツのために時間を使うのはもったいない」という説もあります。

でも僕は、**やり返さないとずっとムカつき続けてしまう**。自分のためにも、ぶつかる必要があるのです。

た　こいつからひどいことは頻繁に言われますが、謝られたことはないですね。先日は、急に「(家から) 出てける?」と言われました。意味が分からなかったです。

野　居候が家主に対して「出てける?」ってどういうこと?

た　一発で「出てける?」を聞き取れて、僕は優秀だなと思いました。意味分からなすぎるんで。

木　貧血マンなのに血の気多いよね。

ギャラリーを集めて仕返し

学生の頃は、嫌なことをされたら**「ギャラリーの前で仕返し」**していました。関係のない人を集めて、「こいつにこんなことされてんけど、俺もこいつにやり返すから聞いてて」とやるのです。

そうすると、向こうはシュンとなります。土下座するまでやったこともあります。後悔はしていません。

野　マインドコントロールみたいだな。

今でも、たとえば、ルール違反をしたお笑いファンがいたらＳＮＳでアカウントを晒します。「やりすぎじゃないですか？」という意見も、もちろん来ます。でも、悪いのはダメなことをやったヤツのほうです。

「NOを言えへん人のYESに価値ない」ってほんまにそうやと思っています。**相手の気持ちとか、「やりすぎ」とか気にしなくていい**です。

野　まさにその通りだと思う。イエスマンの人は、本音で言ってるかどうか見えづらいから、どっちの意見にもメリハリがつかないんじゃないかな。

僕は、言いたいことは全部言います。我慢しません。

正直、「言っちゃう」こと自体がストレスになることもあります。言わ

南　何かを強いられて、嫌って言うのもちょっと嫌やな、みたいなときは、「はい」って言ってやらないこともあります。

んでええことまで言ってしまうこともあるし、もしかしたら我慢していたほうがストレスは少ないかもしれない。

でも、出てまうんですよね。そういう自分も好きやし、しばらくはこのスタンスで生きます。

さすがに、30歳くらいになったら「思ったことを言わんようにする」ことも試してみようと思います。

た　昔に比べると、人にひどいこと言う数減ったと思うよ。距離感が掴めるようになってきた。

危害を受けたら、我慢しないでNOと言っていい。

た

空回りしてるのは自分だけじゃない

【お悩み：異性とのおしゃべりが苦手】

異性と話すのが苦手です。会話で何を意識したらいいですか？

異性に限らず、人と話すとき「間が怖い」という方は多いと思います。会話に間が生まれると、不安になってしまうんですよね。

その気持ち、分かります。僕も、複数で話すときに〝まわす〟役割になると、「何かしゃべらなきゃ」と緊張することがあります。

こういうとき楽になるコツは、**「相手も同じように不安になっている」**と考えること。

野

「思ったより大丈夫だよ」と僕も思います！　どうしても会話が難しいときは、「相手のことベース」で話すと楽です。相手の好きなことを話してもらえば、相手が話す割合が多くなるから、こっちはそれをベースにリアクションして広げていくだけ。そうすれば、あんまり変な間は生まれないんじゃないかな？

自分だけが空回りしていると思うとどんどん焦ってしまいますが、**「相手も同じ」と考える**だけでめっちゃ楽になります。それだけで余裕が生まれるので、ぜひやってみてください！

「異性との会話」に限って言うと、僕は基本的には、飲みの場などで相手が一緒に笑ってくれているだけで楽しい！　多くの人が僕と同じように思っているんじゃないでしょうか？

同じ空間にいるだけで十分だから、「何を話したらいいんだろう」とか考えすぎなくても大丈夫だと思いますよ。

南 僕は何よりも自分のことを考えているんで、相手に合わせる気がありません。間が生まれて当然なんで、堂々としてます。気まずくもないです。自分がどうこうではなく、「どう出んねやろ」と相手の出方を試すくらいに思っています。そういうときに自然にしゃべり出したり、「変な間生まれたね」って言えたりする人にはめっちゃ好感持ちますね。

南 僕は異性と話すとき、もうひとりの自分が見ても「キモッ」と思わないような姿を意識しています。

た それ俺に言ってるだろ。

南 それは正直ありますね。

人と話すのが苦手でも、「相手も同じ」と思うだけで楽になる！間を怖がらず、自然体で大丈夫。

野

お互いに歩み寄る「過程」が大事

クリスマス、寝坊がきっかけで失恋

僕の恋愛が始まるのは、**相手に「人として興味を持ったとき」**。それがきっかけとなり、恋愛に発展していくことが多いです。

彼女にしか見せない一面や、彼女とだからできる遊び方ももちろんあります。でも、基本的に「彼女だから」といって自分のスタンスを変えることはありません。

人として好きだから一緒にいる。これは間違いないけど、彼女を最優先にすることはありません。

野

安心する恋人かドキドキする恋人、どちらを選ぶかって聞かれたら、僕は断然後者です。あくまで個人的な意見ですけど、一緒にいて楽とか、自分らしくいられるとかって、カップルになってからでも、お互いの考え方とか価値観とかをすり合わせたら変えようがあると思うんですよ。でも、最初にドキドキしない、性的対象にならない相手が、付き合って変わることってたぶんほぼないと思うんです。こういうのって本能的な部分じゃないですか。

たとえば、彼女に自分の予定を制限されるのは嫌です。

友達と遊びに行く予定を、彼女のために取りやめるようなことはありません。彼女との予定もほかの予定も、おろそかにしたくない。だから**「どちらかだけを優先する」ことはない**です。

この考え方を変えようとは思いません。

ただ、このスタンスが引き金となり、昔の彼女を傷つけてしまったことがあります。

高校時代、僕と当時の彼女はクリスマスに会う予定を立てていました。

僕は、その前日に友達とお泊まり会をしていました。ゲームが楽しすぎて、みんなが寝た後も朝まで楽しんでしまいました。

徹夜をして、家に帰ったのは昼頃。彼女との待ち合わせ時間までは、あと数時間しかありません。

案の定、僕は大寝坊してしまい……彼女との約束を意図せずバックレてしまいました。

結果、そのままの流れでお別れすることに。

「明日は予定があるから早く寝よう」とか、そもそも「彼女とのクリスマスを楽しむためにお泊まり会はキャンセルしよう」と思うのが、普通なのかもしれません。でも、当時の僕にその感覚はありませんでした。

しもとのコミュニケーション

かつては自分優先で彼女を傷つけていた僕ですが、今は彼女の「しも」ときちんとコミュニケーションを取っています。

たとえば、ふたりの意見が食い違ってギャップが生まれてしまったとき。そのままにするのではなく、**その場でお互いが思っていることをきちんと伝え合い、ギャップを埋めていく**作業を大切にしています。

もしかしたら、多少わだかまりが生まれても時間が解決してくれること

し 私は感情を言葉にするのが下手っぴで時間かかるので、嫌な時間を過ごさせてしまうこともある。だけど、その時間も私の意見も受け止めてくれるっていう安心感があるから私も受け止めようってなります。

し お互いに芯があるから、意見が違ったときにふたりが自然と歩み寄ることは難しいかも。だから私はよく「何か不満ある?」って聞いちゃう。

もあるのかもしれません。

でも僕らには、そのやり方は合っていません。

「結果的に解決できたからいいよね」ではなく、**「こういう過程があってこの結果になったんだ」**と分かったほうが、僕らには合っているのです。

僕としもが上手くいっているのは、この「過程」に重きを置いているからだと思います。

し
これは本当にそう。お互いが道筋を納得しないと後々不満になったりするもんね。これからも気持ちを伝え合うことは大事にしていきたいね。

親しい相手でも、お互いの思いを伝え合い、ギャップを埋めるコミュニケーションを大切に。

南

自分のキャパに合う場所で長所を発揮する

「安定」の基準は人それぞれ

「安定」って、なんでしょうね。

僕は、**「最小限の努力で最大の結果を出し続ける」**ことだと思います。

世間一般では公務員＝安定の象徴みたいな感じですけど、もし僕が公務員になれても安定ではありません。僕には難しい仕事だし、絶対にすぐ辞めます。こんなん、安定じゃないですよね。

具体的には、**自分のキャパに合う場所で自分の長所を発揮する**。これが、僕が考える「安定」です。

た　深いこと言うね。コイツ、即興でこういうこと言うの上手いんですよ。明日には覚えてないだろうけど。

じゃあ、自分のキャパに合う場所はどうやって見つけたらいいのでしょうか。その答えは、**自分がいる場所を、自分に合うかたちに変化させればいい**のです。自分は変わらず、まわりを変えればいい。

僕は、できないことが人より多いです。

「コミュニティに馴染む」ことは、特に苦手な分野です。小学校も中学校も高校も芸人も、最初はまったく上手くいきませんでした。目の敵にされることもよくあります。チームプレーができないし、上下関係の厳しい環境で適切な振る舞いができないからです。

そういう環境に直面してしまったら、僕は**「まわりからの見られ方」が変わるまで耐えます**。

南は遅刻をするヤツだと、先輩をよいしょできないヤツだと、失礼なことを言いがちなヤツだと、分からせるのです。

経験上、まわりが変わるように仕向け、「おもろいヤツだ」と思っても

←「南はこういうヤツだ」と諦めてもらうんだよね。

た

らえれば大丈夫です。優しくしてもらえます。

誰に対しても接し方を統一しないと、相手ごとにどんな対応をしていたか思い出すのがしんどいんで、環境によって自分を変えるのはやめました。

これまでそうやって生きてきたので、**どんなに最初がしんどくても「どうせ変わるやろ」と思ってやり過ごす**ことができます。

た　僕は人や場によって変えてますね。気さくに接する現場と、絶対ふざけない現場など、雰囲気を見て切り替えています。そっちのほうが仕事が楽しいし、捗るんですよね。

野　たかさきは喜怒哀楽がはっきりしているタイプだよね。

まわりが変わるまでは、たくさん怒られる

まわりからの見られ方が変われば生きやすくなるけど、変わるまではけっこうしんどいです。

たとえば、たかさきとコンビを組んでいた最初の1～2年はだいぶ辛かったです。かなり怒られました。

た　南が何かやると、俺ごと怒られるんだよ。

「なんで挨拶しないんだ」と怒られ、「返事しろ」と言われて無視していたら、もっと怒られました。稽古場で、僕に聞こえるように「あいつヤバ

野　「返事しろ」に返事しないってヤバいな（笑）。

くね？」とか言われるのです。いじめやん。
あの稽古場にいた人は、ひとりも売れていません。人生とは、そういうものです。

た　そういうこと言ってくるのは先輩なんで、僕らは強く出られないんですよ。それを分かって聞こえるように陰口言うんで、僕も腹立ちました。

僕は、生きるの下手です。下手すぎて、引きます。
でも長い目で見ると、まわりが変わってくれるので、下手さ加減が少しずつ薄まります。そうやって、なんとか生きています。

た　南は自分のコントロールが下手すぎるんです。大人数が苦手なのに人は好きなんで、人がいる場所には行くんですよ。でも中途半端なところでスイッチが切れるから「来なければよかった」となる。楽しい瞬間は絶対にあるのに、限界が来てしまう。生きるの下手ですね～。

ちなみに、僕のまわりにいる「生きるの上手」な人はイーロン・マスク。
そして野尻さんです。どんなときも、自分のスタンスが変わらないから。
まるで、ドライフラワーのようです。

た　まわりの範囲、広。

た　枯れてますやん。

自分を変えず、まわりが変わるのを待つ。「どうせ変わるやろ」精神でやり過ごそう。

た

相手の腹だけ見ようとするのは、ちょっとズルい

【お悩み：家族以外の人に素直になれない】
家族以外の人に素直になれません。どうしたらまわりの環境に馴染むことができますか？

南
結婚して「家族」になっちゃえばいいんじゃないですか？

僕は、誰かと関係値を築きたいなら**「先に腹を見せるべし」**と思います。自分の腹を見せず相手の腹を見ようとするのは、ちょっとズルい。

人とのコミュニケーションにおいて、相手を知ることは大事です。だけど、それ以上に**「自分のことを知ってもらう」ことが大事**だと思います。そのためには**「自分で自分のことを知る」**ことが必要。自分を正確にとらえて、感情を素直に伝えることが人と親密になる秘訣だと思います。

「知ってもらう」ことは距離が近付く秘訣。ですが、場合によっては「言うべきではない」こともあります。たとえば、恋愛において。

たまに、自虐的に「○年恋人がいません」と言う人がいます。でも僕は、これは絶対に言わないほうがいいと思います。気になる人の前で、楽になりたいからといってそんなことを言ってはいけません。「恋人ができない人」というレッテルを貼られてしまったら損ですから。

嘘をつく必要はないけど、あえて言わなくてもいいことってほかにもあります。ブランディングはけっこう重要です。自分のことを分析したら、仲よくなりたい人に何をアピールして、何をシークレットにするか、考えてみるといいと思います。

南 「恋人ができない」って言われると、その理由を探しちゃう。見た目の悪い人でも「モテるんだよね」と言われたら、「どこが魅力なんだろう」って長所を探し始めちゃうのと同じ。

野 友達との場で言うのは盛り上がると思うけど、恋愛対象としてはマイナスだよね。

南 たかさきはブラフがめちゃくちゃ上手い。

野 自分の性質を理解して行動に移せるたかさきは自己プロデュース力が高いよね。

まず自分自身を理解して、
仲よくなりたい相手に上手く伝えてみよう。

野

距離感を縮める速度は人それぞれ

【お悩み：仲よくなるまで時間がかかる】

人と親しくなるのに時間がかかります。

仲のいい友達とは、ここまでの関係性になるまで半年以上かかりました。バイト先では、私より後に入った人のほうが早くスタッフと仲よくなり、冗談を言い合っています。

人見知りではないと思うのですが、ふざけ合えるような関係にどうしてもなれません。

出会ってすぐに「この人面白い」と思ってもらうにはどうしたらいいですか？

南

僕は、クラブに行ったらいいんじゃないかと思いますね。女性やったら、何やってても耳元で「面白いね」ってささやいてもらえるんで。「最高の夜だね！」とか言っても「面白いね」って言ってもらえます。

友達と仲よくなるまでに半年かかった……ということは、その人たちとは「ふざけ合える」関係になれているってことですよね？

だったら、出会ってすぐの人に「面白い」と思ってもらう必要はないと思います。

「親しい人がひとりもいない」のではなく、時間がかかるだけなら、**それがあなたにとって一番いいペース**なのではないでしょうか。

じっくり仲を深めるほうが、関係も長続きするかもしれません。

コミュニケーションの取り方は、人それぞれ。何が正しい、間違っているとかはないので、何も問題ないと思います。

た　僕も、自分のペースで仲よくなれる友達を大切にしたほうがいいと思います。自分が何か無理をして関わる友達はいずれガタがくるんで、いらないと思いますね。

すぐに人と親しくなれなくても、大丈夫。
自分に合ったタイミングで仲よくなれる人を大切に。

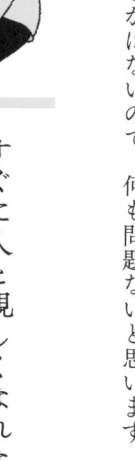

南

僕たちが「楽しい」と感じるとき

僕は、「幸せ」を感じることがまずありません。

ただ、「楽しい」と感じることはあります。

それは、**僕のボケで誰かが笑ったとき**です。

最近、僕はかなり「もらい笑い」をすると気付きました。自分がおもろいことを言って、誰かが笑って、それを見て僕も笑う。

この完成されたシステム、めちゃくちゃいいですね。

素晴らしいです。

たかさきは、**友達と酒を飲んでいるとき**が楽しいそうです。お酒を飲ま

野 悲しい生き物だ。

た 楽しさの瞬間最大風速が出るのは、友達と酒を飲んでるときだね。あと仕事でめっちゃいいデザインができて、その後に酒を飲みながら眺めているときの幸福度はヤバい。好きな人がいるときもけっこう幸せです。

ないと壊せない距離感もあるけど、シラフでしゃべらないと思い出に残せない、などとつべこべ言っています。

野尻さんは、**友達とバカ騒ぎしているとき**が一番楽しいみたいです。ご飯行くとか、旅行に行くとか、友達と何かをやるのが楽しいのだそうです。

野 一緒に過ごす「人」が大事ですね。何を食べるかとかどこに行くかよりも、誰と過ごすか。それによって、楽しさのマックスがたたき出されます。

人付き合いってストレスが溜まることも多いですけど、結局、僕もたかさきも野尻さんも、**楽しさを感じる理由は「人」**なんですね。

自分が面白いことを言って、誰かが笑ったら、自分も楽しい。面倒なこともあるけど、結局みんな、人が好き。

第4章

自分とのちょうどいい付き合い方

結局自分のことが一番分からない説あると思います。「自己肯定感なんて高くなくてもいい」など、3人のメンタルを保つための持論や、自分らしく生きるために心がけていることをまとめます。

悩んだらひたすら感情に支配される南と、人に話して発散するたかさきと、悩みすら持たない野尻。あなたのマインドは誰に近いですか？　合いそうなものから、試してみてはいかがでしょうか。

野

人の話を全部自分に取り入れる必要はない

何度も言いますが、僕は人の話を聞くのが好きです。感情的にならないタイプなので、「人間味がない」と言われることが多々あります。それもあってか、感情的な人の話を聞くことは特に楽しい。たかさきは感情豊かなので、話を聞いていて面白いです。同じテーマでも人によって意見が異なったりして、興味深いです。

でも、聞いた話を自分に取り入れるかは別問題。

僕の場合、話を聞いても「こういう人なんだな」と相手の情報がアップデートされていくだけ。「自分にも取り入れよう」と自分が変化することはなく、ただ、「新しい一面が見られて面白かったな」と思う程度です。

た

野尻は腹立つほど取り入れません。

ニートということもあって、僕は人から意見をもらうこともよくあります。善意でアドバイスをくれる人もいるし、中には悪意を持って言葉をぶつけてくる人も。

でも、そういうのを踏まえて**最終的に行動を起こすのは自分**。

意見をもらうと「自分が変わらなきゃ」と思ってしまう人もいますが、僕は**「自分はどうしたいのか」が一番大事**だと思う。自分が納得できないことをやったり、やめたりする必要はありません。

もらった意見や考え方、聞いた話は「まわりの声」として置いておいて、**必要なときに必要だと思うものだけ引き出す**くらいがいいんです。全部を自分の中に入れないほうが、心穏やかに生きられると思います。

人の意見やアドバイスより、
「自分がどうしたいか」を大切に。

南　僕視点の世界を知らないんだから、口を出さないでくれ

「オドるキネマ」を解散したとき、「いったん休む選択肢はないのか」とよく言われました。しんどいなら一回休憩して、落ち着いたら戻ってくればいいじゃないかと言うのです。

「今」思えば、それもありだったかもしれません。でも、当時は「またやりたくなる」なんて想像もできなかったし、解散以外あり得ませんでした。

「今を乗り切れば楽になるから」とか言う人もいましたけど、僕としては**「あなたはそうなんでしょうが」**としか言えません。

僕にそっくりな人に言われたら「ちょっと聞こうかな」と思いますけど、そっくりな人なんていませんし。

た　そういうタイトルのドラマありそう。

寝坊や遅刻も同じです。僕はよく、寝坊して遅刻します。

そうすると注意やアドバイスをされるわけですが、このときも僕は「あなたはそうなんでしょうが」と思います。

僕だって、頭では遅刻や寝坊はしたくないって思っています。でも、**ソフトとハードは別物**。頭ではどんなに思っていても、身体というハードが弱いので、寝坊も遅刻も不可避です。

皆さんは、素敵なソフトと素敵なハードがあるのでコントロールできているだけですよ。

僕視点の世界を知らないのに、いろいろ言われましてもね。

僕のハードを持っていたら、全員遅刻します。

人に何を言われても、「あなたはそうなんでしょうが」でいい。
思い通りに動けないのはソフトとハードが別物だから。

た

違うフィールドの人に話を聞いてもらってストレス発散

ストレスは抱え込むほど大きくなる

上手くいかなくて落ち込んだとき、僕は**「関係のない人に話す」**ようにしています。

芸人時代、僕は思うような結果を出せずしんどい日々を送っていました。でも、近い境遇の芸人と話していてもなおさら落ち込むばかりです。

この時期の僕は、よく野尻に話を聞いてもらっていました。

野尻は芸人ではないので、僕がスベろうがウケようが関係ありません。「何やってるんだよ」みたいなことも言わないので、安心して失敗談でもなん

でも話せるのです。

ストレスって、自分の中に抱え込めば抱え込むほど、大きくなっていくもの。僕の場合、悩みの原因になっている環境や物事と**関係のないところにいる人に話す**ことが一番の息抜き法でした。

野尻に話すことで、ストレスがふわっと消えていきます。僕にとって、これはだいぶ救いになっていました。

ただ、僕が話すことが相手のストレスに繋がってしまっては元も子もありません。

気を付けているのが、**ただの愚痴にならないよう「相手との時間を楽しむ」**こと。

ただの愚痴って、人の時間の奪い方としてえぐすぎます。話を楽しんでくれているのかどうか、そこの配慮は重要です！

南 僕は、なんかあったらイクトに話すのが一番いいですね。人に話したところでスッキリするタイプではないんですけど、イクトに話すと「俺の悩みってこいつの人生においてはどうでもいいんやな」と思えます。イクトは、「岡本太郎読めばいいんじゃないですか？」とか、「俺って橋本環奈に似てると思うんですけど、どうですか？」とか適当に返してきます。意味分からん。

野 特殊だな。

南 俺が金を出し、イクトで最寄りのストレスをもみ消す。

こたけ正義感君に救われた話

ちょっと角度が変わりますが、以前まったく関係値のない芸人に救ってもらったことがあります。

僕を救ってくれたのは、ワタナベエンターテインメント所属の弁護士芸人・こたけ正義感君。『R-1グランプリ』など賞レースのファイナリスト経験を持つ話題のピン芸人で、ここ数年でブレイク中です。

数年前、僕はレンタカーで追突事故を起こしてしまいました。

状況的に保険が下りない可能性が高く、僕はかなり不利な状態に。このままでは金銭的にもヤバいことになりそう……そんなとき、芸人仲間のツテをたどり、こたけ君と繋がることができたのです。

相談したところ、こたけ君は弁護士の視点からどうすべきか親身にアドバイスをくれました。そのおかげで、無事に保険が下りることに。
こたけ君のおかげで、命拾いすることができました。

南 これのおかげで売れたんやな。

た いや、俺がきっかけじゃないよ（笑）。

トラブルが起きると、いつもはその分野とは関わりのない人に話していましたが、**本当に困ったときには専門家の意見を求めるのもあり**ですね。

全然面識もないのに、僕のために時間を使って相談に乗ってくれたこたけ君。あのときは本当にありがとう。

野 本を通じてお礼伝えるの？

た 直接「ありがとう」を言うだけじゃ足りないから。

落ち込んだときは、人に打ち明けてみよう。
会話を楽しみながら話したら、
いつの間にか気持ちが切り替わっているはず。

南

イライラにはとことん向き合う

イライラしているとき、人それぞれ対処法を持っていると思います。

僕は、イライラしたらひたすら感情に支配されて終わります。散歩してみるとか人と話すとかいろいろやってみるけど、無駄。

そういう状態の僕には、なんの意見も入ってこない。ひたすらに支配されます。どうしようもありません。

物にあたるとかはありません。でも「あいつムカつく」と思ったら、延々とそれについて考えます。「考えへんようにしよう」とか思いますけど、考え終わるまでは離れていかない。

いつの間にか考えなくなることを、待ちます。

た
僕は環境を変える。友達と飲みに行くとか、散歩に行くとか、音楽を聴くとか。そうすると、いつの間にかイライラがなくなってます。

野
僕はイライラもしないんですよね。

いいように言えば、**自分のイライラととことん向き合います**。そして、結論が出るまで考え抜きます。

ただ、こういうときに出した結論は間違っていることが多いです。夜中に考えたネタはおもんないのと同じですね。

近くに信頼できる人がいたら、「俺これから、アイツにこういうことしようと思う」と言います。そうしたら、ほとんどの場合は止められます。相手が僕を説き伏せることができたら止まりますが、できなかったら行動します。

た 深夜2時くらいに「SNSにこの投稿しようと思ってる」みたいに言われることがあります。その時間って僕は大体酩酊してるんですけど、そんな状態でも「やるな」と言えちゃうくらい、悩んだときの南はいつもヤバいことを考えてます。

むしゃくしゃする感情を無理やり消そうとしなくてもいい。徹底的に考えて、ときには仕返しするのもあり?

野 自分の性格や生活を理解して受け入れる

南も言っていましたが、俗にいう「安定」って、たぶん「安定した職業に就く」ことだと思います。でも個人的には、そういうところに価値はあまり感じません。

僕の場合は、**心の余裕や心身の健康があれば、それこそが安定**なんじゃないかなと思います。シンプルに言うと**「自分の性格や生活を自分で理解して、受け入れている」人は安定している**と思います。

たまに、自暴自棄になったり、感情的な行動で後悔したりする人がいます。そういう人はどんなにいい会社で働いていても、お金持ちでも、安定はしてないんじゃないかな。

極端な話、パパ活をしている子でも「私はこうやって生きていく」と決めていて楽しいなら、それはある種の「安定」だと僕は思います。

た 僕は、お金と人と時間の3つともあるのが心の安定だと思いますね。

た
野尻は「期待しないこと」ができる人。人にどう思われてもいいから、ふざけきれる。どんなシチュエーションでも楽しさを見つけられるから、動画内でも全力でキャラになりきれるんだと思います。

ちなみに、僕はストレスをまったく感じません。

たまに競馬で負けるときには、「うわ〜負けた〜！」と思いますが、負け額が2万円でも5千円でも同じ感情。それより「みんなでやれて楽しかった」のほうが勝つので、全然ストレスになりません。**何か予想外のことが起きても、その物事のいい面を見ると、ちょっと落ち着けます**。

いいか悪いか分かりませんが、僕のメンタルは「**チャレンジしていないから**」こんなに揺らがないのかもしれません。

僕の人生、挫折するタイミングがなかったんです。受験に失敗するとか芸人を辞めるとか、そういう機会が人より少ない。無理して上を目指さないこと、チャレンジしないこともまた、安定に繋がる秘訣かもしれません。

チャレンジすることだけが正解なわけじゃない。
現状に楽しみを見出すことが、安定に繋がる。

南

僕のこと分かったうえで付き合ってくれない相手が悪い

僕には、できていないことがたくさんあります。

でも、これは僕だけのせいではありません。**僕のまわりにいる人たちのせい**でもあります。

たとえば、僕は「請求書を出す」みたいなことができません。すると、当然給料は入りません。

こういうとき、僕は一応「給料が払われていない」現状をまわりに共有します。知ったうえでまわりが何もしてくれへんかったら、「俺、お金入ってないけど大丈夫?」と詰め寄ります。

まわりが動いてくれへんかったら、僕はただ放置されるだけ。かわいそうです。まわりに、「やらんかったら自分がよくない人間なんじゃないか?」

た よく「お前らがなんとかしなくてどうすんだ」ってキレ方をしてきます。無視しています。

と思わせるのが得意です。

たとえば、飲みの場で先輩芸人に失礼なことをして、ピリつかせてしまったときも、僕のせいではありません。上下関係に厳しいくせに、僕を誘った先輩が間違っているのです。誘った時点で破綻している。

僕が遅刻したり、約束を忘れたりしても、**「そんなん分かってたよね」**って思います。赤ちゃんは泣くのが仕事なのに、それに対してまわりが怒るのって意味分からないじゃないですか。それと同じで、遅刻しそうなヤツが遅刻しただけ。**僕がどんな人間か分かったうえで付き合ってくれてない相手が悪い**のです。

←

た こいつは「やりたきゃやれば？」ってスタンスでやらせるのが上手い。やらざるを得なくさせる。「洗脳力」ですね。

野 怖い（笑）。

た 南の前では自分を持っておかないと、食われますよ……。僕は「協力しない」って決めてます。やってくれる人を見つける嗅覚が鋭い。

上手くいかないことがあったら、
全部まわりのせいにしていい。

た

自己肯定感の低さで悩むなんて、本末転倒

自信がないからこそ努力できる

最近、「自己肯定感を高めよう」みたいな風潮がありますよね。
でも僕は、**「自己肯定感は高くなくていい」**派です。

僕は元々、コンプレックスだらけの人間です。でも、だからこそ努力ができていると思います。

自分に自信がないから「デザイン力を高めたい」とか「もっとすごい仕事がしたい」という、向上心が生まれているんです。

コンプレックスは、僕にとって「モチベーションの素」。

南

自分は自己肯定感高いと思うんですけど、高いと思い込んでいる節があります。つまらんものを「つまらないものです」って配ってたらムカつくじゃないですか。いらんよって。それと同じなのに、なんで自分のこと好きじゃないのに、誰かに好かれようと思うんやろ。だから、まわりに迷惑かけんために、自分のこと好きでいるくらいはしようと思っています。

僕は、野尻や南みたいにありのままの自分に満足できるタイプではないからこそ、「楽しい」と思える仕事ができているってこと。

逆に、自己肯定感の高い野尻や南は、悩みがないから向上心があまりないんだと思います。

人には得意・不得意があって、多くの人は「できないこと」のほうが多いと思います。だから「自己肯定感が低い」ことを悩んで自信をなくすって、本末転倒です。

自信がないゆえに努力ができて、少しずつ結果が出て、自信がついていくんだから、『自信をつける方法』みたいな本を読むのがミス！

僕の原動力は、100％〝負〟の感情です。嫉妬とか、失敗とか、悔しさとか。

感情の起伏があるから、今の僕ができあがっている。そう思えば、自己肯定感の低さもコンプレックスも、恥じるものではありません。

コンプレックスを言い訳にするのがナンセンス

お悩み募集をしたとき、この「コンプレックス」についての質問もたくさんもらいました。

自分の頭がよかったら、運動ができたら、面白かったら、もっと人生上手くいったんだろうな……。

僕自身もコンプレックスがあるから、その気持ちすごく分かります。

もちろん、人それぞれの事情があるし、一概には言えないけれど、僕は**「自分の持ってるカードで勝負しようよ！」**と思います。

欠点を気にするのではなく「自分の持ってるもので戦おう」っていうマインドで生きているんです。

たとえば、この世の中、たしかに顔のかわいさで得する局面もあるのかもしれません。

でも、顔面をどうこうする前にもっとできることがあるはず。むしろ「顔

南 男の話ですけど、顔がカッコいいのもかわいそうなことですよ。だって、カッコいいとちやほやされるから何を言ってもウケるやないですか。そういう環境で楽して成長したヤツって、めっちゃおもんない。過去に、イケメンのヤツに「おもんない」って理由でブチ切れたことがあります。この話とは違うかもしれないけど、ブチ切れるしかなかった。これもまた地獄です。

野 そんなに美人とかかわいいわけじゃないのに、ずっと彼氏がいるみたいな女性っていない？ なんか、そこにヒントがある気がする。顔面とかではなく、振る舞いや立ち回りに魅力があるんじゃないかな。

に自信がない」を言い訳にしていること自体がナンセンスで、その人の魅力を減らしてしまっているんじゃないかと思うんです。

現状を嘆いている時間はもったいない！　その負の感情を燃料に、まずは**自分の強みだと思う部分を磨く**とか、**好きなことを思いっきりやる**とか、別のところを強化してみるといいんじゃないかな。

南　たかさきは努力が実を結ぶタイプではありますね。脱毛して肌きれいになったり、ファッションもおしゃれになったり。

コンプレックスがあるから、努力ができるんだ！

失敗は落ち込まず、切り替えてリカバリー

思いがけないミスをしてしまったとき、落ち込んでしまう人も多いと思います。

僕の場合は、落ち込むことはありません。現状を受け入れ、**「切り替える」**ほうへ舵を切るようにしています。

たとえば、昔飲食店のバイトに大遅刻してしまったことがあります。

その日、僕はひとりでオープン作業をする予定でした。しかし寝坊をし、1時間も遅刻することに。ひとりなので、誰もリカバリーしてくれる人はいません。

普通だったら「どうしよう、どうしよう」と焦ると思うのですが、僕はものすごく冷静な精神状態でバイト先に移動していました。

南　遅刻って、やめようと思ってやめられるものでもないんで、直せないなら、その時間を奪うだけの価値がある人間になるしかないですね。

た　普段遅刻してるヤツがそんなこと言ってるの気まずいな。フリーランスってナメられたら終わりなんですけど、遅刻がたぶん一番簡単にナメられる。「この金髪が遅刻をしない」ってだけで強みになるから、僕は仕事ではできるだけ5分前までにいて挨拶しっかりしてます。

寝坊したことはまず置いておこう。あの作業とあの作業を端折れば大丈夫だ。遅刻したからといって休憩を取らないとまわりに気を遣わせてしまうから、最低限の休憩は取って……。

そんなふうにリカバリーのシミュレーションをした結果、どうにかオープン作業を間に合わせることができました。

ミスをしてしまったら、言い訳をせずに受け入れる。自分の非は認めて、焦る感情は切り離して対処する。

そうやって切り替えることができると、感情的にならずピンチを切り抜けることができると思いますよ。

た 野尻は言い訳とかはせず、素直なイメージがあります。

ミスをしたら、いったんその事実と感情は置いておこう！
冷静に対処したらなんとかなるはず。

南

緊張の場面、あえて「言っちゃう」のが面白い

緊張する場面になると、一般的には自分を落ち着かせ、なるべく緊張を隠そうとすると思います。

でも、**隠さず素直に「緊張してる」と言っちゃうのも手**かもしれません。

あれは、養成所に入って初めてネタ見せをしたときのこと。

僕が先生役でコントをしたのですが、プリントを配付する場面でぐるんと紙が丸まってしまいました。いつのまにか緊張で手汗をかいており、その湿気で丸まってしまったようです。

僕はアドリブで「緊張して丸まった！」と口に出しました。緊張を認めることで、自分もちょっと落ち着けましたし、場もあたたまりました。

た　僕は「場をナメる」と緊張しないと思う。

野　僕はあまり緊張しませんね。緊張よりも「楽しい」が勝つと、緊張しません。難しいかもしれないけど、その場を楽しめたらいいのではないでしょうか。

この手法は、お笑いの舞台に限らず企業のプレゼンなどでも生きるのではないでしょうか？

堂々と**「正直、緊張してます！」**と言ってもおもろいと思います。

「は？　緊張してますけど？」という逆ギレスタンスも、人間っぽくてかわいいかもしれません。

遅刻に慣れていない人は、遅刻してしまったときも緊張するかもしれませんね。しっかり眼力を出して、「到着しました」って言ったんかな？　くらいの感じで「遅刻しました！」と宣言すれば、ひと笑い取れるかもしれませんよ。

た　南とコンビを組んでいたとき、緊張しそうなときは背中をたたかせてました。

南　古いテレビやん。

野　ちょっと場の空気が柔らかくなりそう。

「緊張してる」と宣言するのもあり。
堂々と言えば、人間らしくてかわいいかも。

た

頻度は徘徊級!? 散歩には休憩以上のパワーがある

僕は、一日6回くらい散歩に出かけます。

あまりにも僕が散歩に行くので、友達からは「徘徊だ」と言われるほどです。散歩は、基本的に一回15分程度。楽しくなってくると、1時間くらい歩くこともあります。ついでに、コンビニでちょっと物を買ったりもします。

散歩の目的は、**気分転換**。仕事に行き詰まったときに考えを整理するために活用しています。音楽を聴いて楽しく歩いたりもします。

雨が嫌いなので、天気が悪い日は家で縄跳びをすることも。でもやっぱり、散歩の素晴らしさにはかないません。

野

たかさきとジャンスーと3人でファミレスに行ったとき、たかさきは本当に散歩が好きなんだなと思いました。食べ終わった後、すぐ車に乗らず、「散歩してくるわ～」と、お店のまわりを1周していたのです。

今では、「合間に散歩に行く」こと自体が僕の働くモチベーションにまでなっています。

散歩をしていると**考えがまとまる**ので、仕事がはかどります。散歩には、ただの休憩以上のパワーが秘められているのです。

木 これは脳科学的にもいいらしいよ。

タスクが多くて「今日はダルいな」と思う日でも、散歩しながら考えると思考が整理されて、「あれとこれをやれば意外と終わるな」とすっきりします。

皆さんも、視野が狭まっているように感じることがあったら、散歩してみるのがおすすめです！

行き詰まったときには、環境を変えてみよう。
ちょっと散歩に出かけるだけで、一気に道が開けるかも。

南

年を重ねたら自分もすごいヤツになれる

【お悩み：まわりと自分を比べてしまう】

まわりにいるのがすごい人ばかりで、自分と比べて病んでしまいます。どうしたらこの考えから抜け出せますか？

芸人をしていたとき、僕も自分と先輩を比べてしまったことがあります。でも**「まぁ、同じ年になったときに埋められん差ではないな」**と思ったら楽になりました。

すごい人がいたとしても**「年の分、経験してるだけやな」**と思うことにしてください。

野　人は人だから、比較する必要はないと思うな。もしかしたら、この相談をしてくれた人もまわりから見たら「すごい人」かもしれない。自分の判断が間違ってる可能性もありますよ。

木　「まわりにすごい人がいっぱいいる俺すごい」って思ってたことある。で、まわりにいるすごい人のすごい部分くらいなら割と盗めたりします。

「今のボケ普通は出ぇへんやろ」とか思っても、結局その先輩にとっては無茶ぶりされたとき用の緊急避難ボケやったりします。

そういう対処法って溜まっていくものなので、年を重ねて出し方が上手くなっているだけです。

何か、**先に対処法を考えておくのもいい**かもしれないですね。頭が真っ白になったらこれを言おうというひとことを決めておくとか。

すごいと思う相手が同年代の場合は、**「俺と違うタイプのすごさやな」**って思うといいです。

「俺には無理やけど、お前にも俺は無理やな」です。

すごい先輩は、ただ「経験を重ねただけ」かも。
同年代のすごいヤツは、
「俺と違うタイプのすごさやな」で乗り切ろう。

野

辛いことも、いつかエピソードトークになる

仮免に落ちた友達

嫌なことが起きても、**だいたいの出来事は後から笑い話になります**。そのときはしんどくても、**「いつかエピソードトークにしよう」**と思ったら楽になれるかもしれません。

そう確信した、僕の経験をご紹介します。

19歳のとき、僕は合宿で免許を取得しました。友達と3人で、はるばる鳥取まで。

楽しく過ごしていたのですが、不幸にも友達のうちひとりだけ仮免に落ちてしまったのです。仮免に落ちると、その後のスケジュールはすべて別

南 僕は、合宿免許で福井に行きましたね。携帯で『白夜行』というドラマを観たらハマってしまい、仮免に落ちました。

になってしまいます。一緒に来た意味がありません。

「こういうのって今はきついけど、後から面白い話になるから大丈夫だよ」と励ましたのですが、仮免に落ちた友達はショックを受けて全然受け入れてくれませんでした。

少しメンタルが弱い子だったのもあり、落ちた直後はご飯も食べられなくなるほどでした。

スケジュールが変わったので、もちろん合宿を終える日も違います。

ひと足早く免許を取った僕らは、先に東京行きのバスに乗ることになりました。もちろん、仮免に落ちた友達を鳥取に置いて。

最近、仮免に落ちた友達に会う機会がありました。

当時はだいぶダメージを受けていましたが、今ではあのエピソードを見事に笑い話にしていました。「野尻に言われたことは本当だったね」と、感謝までされてしまいました。

消えたサイドミラー

このエピソードには、サイドストーリーがあります。

順調に免許を取得できた僕と友達は、そのままのノリでレンタカーを借りてドライブに出かけました。今思えば、若気の至りです。

横浜方面にドライブし、「最高だったな！」と車を返したのですが……。

店員さんが、ものすごく焦った様子で「お客様！」と呼ぶのです。

どうしたのかと思ったら、なんと、車のサイドミラーが片方消えていました。

自分でも本当に信じられないのですが、サイドミラーが消えていることに僕たちはまったく気付いていませんでした。

店員さんに何を聞かれても「分かりません」と言うしかなく、結局サイ

南　サイドミラーを見るように、振り返った過去が笑えるものになるかもしれませんね。

た　サイドミラーは、もうないんだよ。

南　過去は振り返るな、ということですね。

た　怖い話だ。

ドミラー代を3万〜4万円支払うことに……。

……ここまでが、僕の「合宿免許」の思い出です。いまだに、なんでサイドミラーがなくなったのか分かりません。

当時は痛い出費でしたが、今ではエピソードトークになっているのでOKです！

た どっからどこまでだよ（笑）。

悲しいことが起きたって、後で笑い話にできるから大丈夫。
今はきつくても、笑える日が来るよ。

南

僕の顛末を見ていてほしい

話題にならない人生はつまらない

上手くいっているコンビを解散するとか、家がなくてずっと居候しているとか、僕はありきたりではない人生を送っています。

傍から見ていて、けっこうヤバいことばかりしていると思います。でも意外とヤバくないので、**僕の「ヤバそうな感じ」を楽しんでほしい**と思っています。皆さんには、僕の顛末を見ていてほしい。ドキュメンタリーを見ているような感覚で、僕自体を楽しんでください。

ドキュメンタリーを見た人を「勇気づけたい」みたいな思いは、一切あ

た

南の生き方って奔放に見えますけど、「仕事しんどい」と言いながら働き続けている人に比べたら千倍いいと思います。「これをしたら人からどう思われるだろう」とか無視して、逆にその状況を乗りこなしているじゃないですか。野尻のニートもそうだけど、世間体でいったら見え方が悪いかもしれない。でも別にたいしたことないし、否定はしないですね。

りません。僕が外野だったら「こいつ、これからどうなんの？」というスタンスで楽しむと思います。

そんなふうに、**面白がって僕を見ていてほしい**のです。

> 野　南が行動したり考えたりしていることに対し、僕は何も言いません。ただそのあり様を見ているだけ。

結局、**身体を張らないとエピソードって生まれません**。

誰の話題にものぼらない人もいるけど、それってつまらない。その点、僕はエピソードに事欠きません。強いです。

> た　本当にそうだと思う。南に「身体張ってる」イメージはないかもしれないけど、実際だいぶ張ってるんで。

天才として育った

僕は自分のことが好きなので、どうなっても受け入れることができます。この考え方と「身体を張る気質」には、おそらくおばあちゃんとお父さんが関係していると思います。

僕は、小さいときから「天才」として育てられました。おばあちゃんは特に、僕のことをずっと「天才」と言っていましたね。

> た　孫に「天才」ってあんまり言わないんじゃない？「天使」とかは言うけど。

尋常じゃない量の「天才」を浴びた結果、「ほんまに僕は天才なんや」と思うようになりました。これが自己肯定感というのでしょうか。

この「僕は天才なんや」は、いまだに続いています。結果、**誰かに見放されたり関係性を切られたりしても「しょうがない」と思う**性格になりました。「サンプル」も、最後に解散を言い出したのはたかさきです。でも「捨てられた」みたいな感覚はなくて、こうなったら別の場所を見つけるだけ。**「どうしよう」とかはなくて、「ドンマイ」って感じ**です。

小学校5年生くらいまではマジメに学校に行っていました。信じてもらえないかもしれませんが、遅刻・早退・欠席はしたことがありません。しかしある朝、出かける支度をしていたらお父さんにこう言われました。「翔太は学校に行けるような人じゃないのに、毎日行ってて偉いな。行かんでもええんちゃう？」

……ここで「行かんでええ」ことを知り、休むようになりました。

た　さっき「遅刻はハードの問題」って言ってなかった？　バグ？

南　成長できゅっと縦に伸びたときにショートしちゃって。

野　壊れちゃったんだね。

お父さんは義理の父である上司と揉めてクビになるなど、普通ではない尖り方をしています。今は、どこで何をしているのか分かりません。僕と通ずるところがあります。

た　娘の旦那クビにするのエグいな。
木　そっち？

居候気質も、お父さん譲りです。

食えていなかったお父さんを不憫に思ったお母さんが、家に呼んでご飯を食べさせるようになったら居ついてしまったのが、馴れ初めです。ちなみに、おじいちゃんも同じような感じです。資格試験に落ち続け、それをおばあちゃんが支え、そのまま結婚したそうです。

野　やべぇ。3世代かよ。

僕の気質は、先祖代々なんですね。ＤＮＡです。

た　怖。

そんな僕がこれからどうなるのか、お楽しみに。

ヤバい状況に陥ったら、「まわりを楽しませている」と思おう。エピソードに事欠かない人生のほうが、面白い。

第5章

日常の楽しみを
ゆるく増やす

僕らの人生を彩ってきた作品や趣味、ハマっているものを語ります！　できるだけ具体的に書いたので、もし気になるものがあれば、皆さんもぜひ触れてみてください。何かしら好きなことがあると、毎日に少しの癒やしが生まれ、しんどいときに元気をチャージしやすくなると思います。木島に「エッセイにも程があるのでは？」と言われた項目もありますが、啓発本です。

南

本は手放しで「すごい」と思える

本に没入すると何も入ってこなくなる

僕は、普段からけっこう本を読むほうです。

自己啓発的な本はほぼ読みません。

よく読むのは小説で、特に又吉直樹さん・中村文則さん・西加奈子さん・村上春樹さんが好きです。

本屋さんに行って、よさげなものを選んで購入しています。

子どもの頃は、伝記が好きでした。エジソンやモーツァルトなど、いろんな人の伝記を読んだ記憶があります。

た　僕はあまり読みません。

野　僕もです。

それから、『ダレン・シャン』シリーズがめっちゃ好きでした。3往復くらい読みましたね。前からだけでなく、逆からも読むほど好きでした。

た　逆から？　本当に？　逆も3回読んだの？　すごくね？

当時は今より集中力があったので、「本を読んでいて気付いたら5時間経っている」みたいなこともよくありました。

最近は、カフェで『凍りのくじら』（辻村深月）を読んで泣きました。本の世界にガッと没入すると、なんも入ってこんようになるんです。

初心に返りたいときや「がんばりたい」と思うときは、『海辺のカフカ』（村上春樹）の上巻だけ読みます。

この小説には、何も知らない主人公がバスに乗って遠くに行く描写があります。上京したときのことを思い出すので、好きなんですよね。「この感覚ってもう二度とないんやろうな」と思います。もちろん下巻もおもろいんですが、上巻だけでも満足してしまいます。

好きな本なので、「本を読みたい」と言っている後輩には『海辺のカフカ』

の上巻だけあげます。そして、また古本屋で上巻を買うことを繰り返しています。

読書経験があったから生きている

僕がネタをやらず、しゃべっている様子を発信して稼げているのは、本のおかげだと思います。

本がなかったら、無理やったと思う。

「辛いとき物語に救われた」とかは経験したことないけど、**僕は本を読んで得た語彙力とか発想力で生きている**んだろうなと思います。

そういう意味で、本には救われています。

ネタをつくっていた時期は、自然と小説に影響を受けていたと思います。

小説の内容をそのまんま使っても小難しくなるし伝わらないので、設定や展開をネタに反映させる感じですね。

野 本を読んで知識が増えるとか言葉を覚えるとか、そういうのめっちゃいいですね。憧れます。本じゃなきゃ出てこないような表現もあるじゃないですか。いいなって思うんですけど、僕は読まないです！

た 自分から話し出してその結論、なんなんだよ。

ただ「参考にしよう」と思っていたことはありません。よく読んでいたからこそ、自然と生きていたイメージです。

めっちゃおもろい芸人のネタを見ても同業者なので笑えないけど、本だったら手放しで「すごい」と思えます。
たとえば、村上春樹さんの本で書かれている「喩《たと》え」って、「千鳥」のノブさんが言っていてもおかしくないくらいおもろい。

た それって、村上春樹さんとノブさんのどっちがすごいんだろうね。

僕は、本のそういうところが好きです。

本を読むと、自然と語彙力や発想力が身に付く。
楽しみながら本を読んでいたら、いつかそれが自分を救うかも。

た

漫画や映画でデザイン研究

僕は、南とは違って本を読みません。

読まない理由は、想像力がないから。本を読むのが好きな人って、たぶん「想像で補完する」のが楽しいのだと思います。

僕はそれが苦手なので、本よりも漫画や映画のほうが好きです。

映像の勉強をしているときに、気付いたことがあります。

それは、本で学ぶよりＹｏｕＴｕｂｅで学んだほうが、断然早くスキルアップできるということ。僕は自分で想像するのではなく、できあがったものを受け取るほうがいいんだなと確信しました。

デザインの仕事をするうえで、漫画や映画に助けられたことは多々あり

野 僕のバイブルは『いちご100％』！……っていうのは、半分本音で半分冗談。僕のバイブルは『三国志』ですね。家にあったので小学校低学年から毎日読んでいて、小学生なりにめちゃくちゃ学びが多かったです。武将の上下関係とか戦略とか考え方とか、面白かったですね。

南 学んだこと出したらいいじゃないですか、今。

野 きっと、今に生きてるんだよ。

ます。元々デザインセンスがあったわけではないので、**いろんな表現を見て「なぜオシャレに見えるんだろう」と研究**しました。その結果、ある程度の技術が身に付いた感覚があります。

ちなみに、テンションを上げたいときに観る映画は、『プラダを着た悪魔』。何回観ても、登場人物のファッションやストーリー、スピード感を楽しめます。

野 『君の名は。』にハマって、映画館に20回観に行ったことがあります。

南 セリフとか全部覚えたでしょ。

野 これが不思議と、6回目くらいからあんまり記憶にないんですよね。映画はしもも僕も好きなので、休みが合えば月3回くらい観に行きます。

また、自分の子どもに読ませたいのは、『金色のガッシュ!!』(雷句誠)。ストーリーが面白いのはもちろん、道徳的な意味でも読ませたい。子どものときに読めていたら、僕ももっと優しい人間になれていたと思います。

南 最悪や。

本が読めないなら、漫画や映画で学ぶのもおすすめ。想像力を補うエンタメの力を享受しよう。

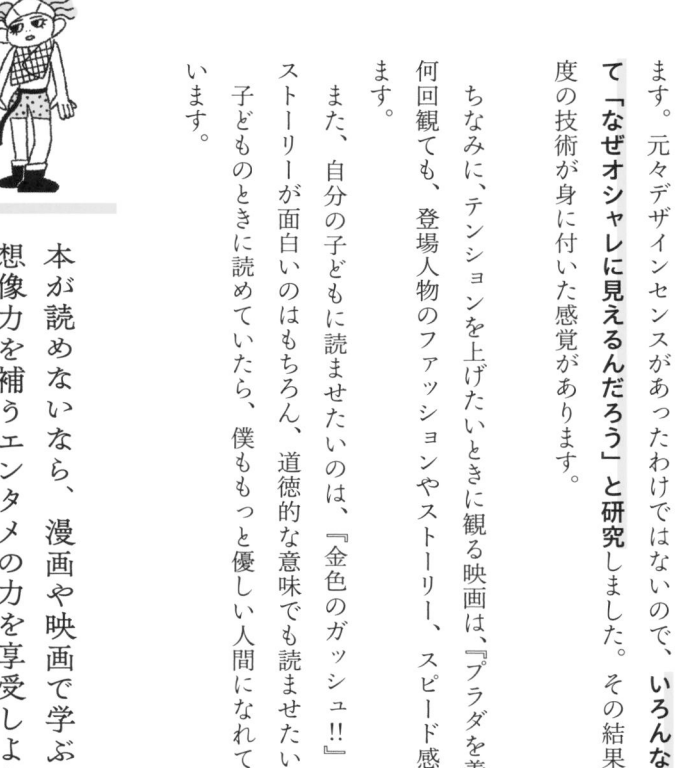

野

初めてアーティストにハマった

最近、初めてアーティストにハマりました。グループ全員の名前を覚えるほど好きになったのは、「XG」というガールズグループです。歌唱力も踊りもすごいし、映像もめちゃくちゃかっこいい。レベルが高すぎて、「本当に全員僕と同じ日本人なのか?」と思うほどです。

ただ、「推し」とか「ファン」の感覚は、いまだによく分かっていないんです。「XG」は好きだけど、ライブに全部行きたいとか、CDやグッズを買い集めたいという気持ちはありません。

僕らのYouTubeチャンネルにも、たくさん応援してくれている人が

た 僕は「ファンになったことがない」のがコンプレックスですね。なんだか薄っぺらい気がして。

南 僕も推しとかできたことないですね。

いて、ポップアップイベントをしたときは遠方からわざわざ来てくれた人もいました。そのくらいの熱量でアーティストや芸能人を好きになったことがないので、すごいなと思います。

画面の向こうの相手に、本気で恋をする人もいますよね。いわゆる「リアコ」です。南にリアコしている人、けっこう多そうですね。

リアコの気持ちはよく分からないけど、本当に好きなら別にいいんじゃないかと思います。ただ、それを突き通すことによって生まれる「リスク」もあるはず。たとえば恋人ができないとか、お金がすごくかかるとか……。

そういうことを踏まえたうえで「リアコ」をやるなら、それは本人の自由。僕はいいと思いますよ。

た 僕はちやほやされたくてこの活動をやってるところがあるので、リアコ嬉しい。

南 リアコは、お金をよく使ってくれるので好きです。ただ、推しと繋がることはあんまおすすめしません。何人か知っていますが、全員「繋がらなければよかった」と言っています。やっぱり、表で見せている姿とほんまの姿は違うんで。あんまりメリットないし、繋がらないほうが幸せなんじゃないかなと思いますね。

た リアコがモチベーションになるならいいよね。でも「同担拒否」みたいに、攻撃的なやつはよくないな。SNSで暴れ出すのはちょっと違う。

モチベーションになるなら、「リアコ」も素敵。でもリスクはちゃんと受け入れよう。

南 ジムに通っていたときは、すべてが上手くいっていた

僕は、いっぱい寝ます。

睡眠のこだわりは、**光をなるべくゼロにする**こと。

そして、**マットレスも非常に重要**です。せんべい布団1枚で寝ていたときは、身体中が悲鳴を上げていました。マットレスに寝るだけで、身体の感じが全然違います。

皆さん、一度はマットレスや枕の高さをプロの目で見てもらったほうがええですよ。僕は見てもらったことないですけどね。すみません。

ぶっ通しで何時間も寝ることは、あんまりありません。

8時間寝て、2時間起きて、4時間寝て、1時間起きて、8時間寝るとかはイケます。

た　じゃあ、お前の部屋最高じゃん。北向きで光が届かないから。

た　最初から謝る予定でしゃべってんのかよ。

野　よく寝られるな。普通逆だろ、数字。

夢を見ることもあります。基本、見るのは悪夢です。**悪夢でも、夢を見られてたらいいかな**って思います。

た　南にいい夢見ててほしくないですね。悪夢とかで人生を過ごしていてほしいです。

睡眠の質を上げるために、おすすめなのは、**ジムに行く**こと。以前ジムに通っていたときは、メンタル、睡眠、健康、すべてよかったです。ご飯もたくさん食べられました。

面倒くさくなってしまい解約したのですが、また行きたいです。すべて上手くいくと分かっているのに、面倒になっちゃうんですよ。そういうことってありますよね。

悪夢でも、夢を見られていたらいいじゃない。光はゼロに、マットレスを使い、ジムに通っていっぱい寝よう。

た 睡眠の質を上げるために必要なのは「酒」

野 たかさきは、働きすぎて壊れちゃったんだな。

オンオフつけるの苦手だから酒飲んじゃう

僕は、オンオフの切り替えが得意ではありません。旅行先でも仕事をしたくなってしまうので、パソコンを持っていくほどです。

強制的にオフにするために、僕はお酒を飲みます。お酒を飲まないとずっと仕事をしてしまうので、**お酒を飲んで仕事なんてできない頭にして、楽しむモードに切り替える**のです。

「NON STYLE」の石田さんも、「お酒を飲んで仕事をやめる」と言ってました。僕は確実に石田さんほどしっかりはしていませんが、オンオフのスイッチング方法は近いのかなと思います。

睡眠時間を減らすか、しっかり寝るか

僕は、「寝ないとダメ」なタイプです。

20歳くらいのときは「寝る時間がもったいない」マインドだったので、よく「寝すぎた……」と落ち込んでいました。ただ、今は**絶対に8時間は寝る**ようにしています。

野 僕は睡眠時間が短くても大丈夫。でもなんにもない日は、たくさん寝てます。

8時間寝て100%のパフォーマンスで働くのと、4時間しか寝ないで70%のパフォーマンスで働くの、どっちがいい仕事できる?

……そう考えて、「寝るほうが大事だ」と思うようになりました。

しっかり寝て、起きているときにいいパフォーマンスを発揮する。結局、こっちのほうが効率いいのです。

「寝ることで気分転換」は意味なし！

睡眠の質を上げるためにやっているのが、**寝る前にお酒を飲む**こと。

南 クソが。

また、「明日朝早いけどあんまり疲れてないな、今日寝られるかな」みたいな日は、サウナに行きます。サウナは「整う」以上に、「疲れる」ために行っているまであります。

野 僕は、早く起きなきゃいけないときは2日間かけて調整します。「明後日早く起きなきゃいけないから、明日は寝すぎないようにしよう」みたいな感じです。前日に早起きすることで一日を活動的に過ごし、ちゃんと寝られるようにするのです。

ただ、寝ることを気分転換として**「寝逃げしよう」という考え方はありません。**

たとえば、二日酔いでしんどいとき。寝たくなると思うんですけど、実は寝ているほうがお酒って抜けないらしいです。行動しているほうが抜けるので、二日酔いで寝るのは得策ではありません。

嫌なことがあったときも、同じだと思います。寝たところで、状況は変わりません。

寝て起きて嫌なことが残っているよりは、起きて解決に向けてあがいてみたり、人に話してみたり、いろんなことをしたほうがいい。そうすることで、状況が変わる可能性は高いと思います。

こっちのほうが、僕はポジティブです。

南 「僕はポジティブです」で終わった(笑)。何言ってるか分からん。

お酒を飲んでスイッチオフ！
しっかり寝て、いいパフォーマンスを発揮しよう。

野 ニート、ゴルフに夢中

ここ数年、僕はゴルフにどハマりしています。ニートがゴルフ。あまりイメージが結びつかないですよね？

初めてゴルフをしたのは、21〜22歳の頃。元々スポーツが好きだったので、興味本位で打ちっぱなしに行ったのがきっかけです。

ただ、当時は友達がまだ大学生。ゴルフは楽しかったけど、まわりにやっている人がいなかったんですよね。それもあってモチベーションが下がり、一度はゴルフから離れました。

そして、1〜2年前。ついに友達が社会人になり、ゴルフをやり始める子も増えました。それを機に、僕も再開。そうしたらめちゃくちゃ楽しくて、ゴルフに対するモチベーションが爆上がり！

南 僕はゴルフやったことないです。あんま興味もない。

た 野尻に誘ってもらって何回かやったけど、僕はハマらなかったですね。下手だったので……(笑)。まぁ、ちゃんと練習すればね、できると思うんですけど。

南 ゴルフって練習すれば上手くなるの？

た え、練習したら上手くなるよね？

最近は、よく友達と一緒にコースをまわっています。一日中一緒にいるので、飲み屋では話さないような深い話ができますよ。ゴルフを通じてより仲よくなれるので、友だちとまわるのはおすすめです。

野
……まぁ、人によるかな。

た
えー!? 俺のことめっちゃ褒めてくれてたのに（笑）！ ま、僕はゴルフより仕事をしているほうが今は楽しいので、大丈夫です！

ゴルフのいいところは、**「一日の充実が保証されている」**こと。めっちゃ早起きして友だちと合流し、2時間ほど車で移動。ゴルフして、昼食を食べ、またゴルフ。そしてお風呂に入って帰ってくる。……これ、まるで小旅行みたいじゃないですか？ 一日の充実感、半端じゃないですよ。しかも朝が早い分、帰宅してからも時間があるのがポイント。夜にゲームもできるので、ずっと楽しい。ゴルフの日は、一日中ハッピーです！

木
ヤバいな。自分の生活がバカらしく思えてくるわ。

友達とゴルフに行けば、仲も深まるし、一日中楽しい！
心と身体の健康のために、ゴルフを試してみては？

南

タバコは買わずにもらって吸う

ネタを考えへんヤツの副流煙

たかさきの影響で、僕はタバコを吸うようになりました。今では、たかさきよりも僕のほうが吸っています。もうやめられへんって感じです。

吸い始めた理由は、ネタを考えへんヤツの副流煙で健康を害されるのが嫌だったから。

たかさきは僕より先にタバコを吸い始めており、ネタ合わせのときも吸っていました。僕がネタを考えているのに、なんでコイツの副流煙を吸わな

くてはいけないんだ？　じゃあ僕も吸おう、ということで、たかさきのをもらうようになったのがきっかけです。

意外と、吸い始めから美味しかったですね。

1～2年は、たかさきのタバコをもらって吸っていました。

タバコって肺に入れな意味ないんですけど、しばらくはひたすらふかしていました。

た　いや、3～4年だよ。

た　なんでファッションで吸ってるヤツにタバコあげなきゃいけないんだよ。

今でも、タバコを自分で買うことはほぼありません。ファンの方からもらえるので、それを吸っています。余ったら、まわりの人にあげます。

「自分で買ったことはあるのか？」ですか？

さすがにありますよ（笑）。もらったタバコを上手く管理すれば買わんでもいいんですけど、外出するときに持っていくのを忘れるので、たまにコンビニで買っています。

た　お前の場合は、確認しないと分からないからな。

吸い始めた当初は、たかさきが吸っていた銘柄を僕も吸っていました。廃盤になったので、今は「クールマイルド」を吸っています。

タバコを吸うとセクシーになる

タバコって、基本的にはよくないものとされています。喫煙者は何かと迫害されがちですが、タバコっていっぱいメリットあるんですよ。

まずは、**声が低くなる**。タバコを吸うことで、セクシーで大人っぽい魅力に繋がっていきかねないですね。

そして、「喫煙所ないな～」と言えます。

タバコを吸っている人が減っているので、それと比例して**どんどん珍しい存在になっていける**ってことです。ありふれた存在ではなく、少数派でいたいですよね。

喫煙所では、喫煙者同士のコミュニケーションも盛んです。特に芸人はタバコを吸う人が多い世界。吸えたほうが何かとメリットがあるので、コミュニケーション目的で吸い始める人もたくさんいます。

家でタバコを吸うときのルールですか？
最初はあったんですが、今はもうないですね。

た ありません。換気扇の下でしか吸っちゃダメです。

野 むしろ前より厳しくなってます。南は電子じゃなく紙タバコなんで、においが強いんですよ。自分は吸わないので、気になる。換気扇とゼロ距離で吸ってもらってます。もしかしたら、僕らがいないときはリビングで吸ってるのかな。でも止めようがないんだよな、いないから。

た 罰を与えよう。

タバコを吸い続けるほど、希少な存在になれる。
吸うメリットもたくさんあるし、やめられなくても大丈夫。

た

救いがなくても、マイホアジャオがあれば大丈夫

僕は、寿司を食べているときに幸せを感じます。寿司はゆっくり食べる必要があるので、いいですね。

木　ゆっくり食べる必要？

あと、焼肉も強い。バクバク食うこともできるけど、寿司と焼肉はゆっくり味わって食べたい。お腹を満たす目的ではなく、美味しいものを味わう時間を楽しみたいんですよね。

南　たかさきがカウンターの横にいたらマジで嫌だな。

野　寿司と焼肉は最高だよね。

痺れる系の辛さが好きなので、「ホアジャオ」というスパイスを持ち歩いています。

野　たかさきの、マイホアジャオ。

外食で使うことはあまりありません。が、たまに出会う「救いねぇな」と思う料理は辛くするしかないので、使っています。

ダイエットをしているので基本は節制しているんですが、食欲が爆発しているときは中華を食べます。胃との相性がいいのか、めちゃくちゃお腹に入ります。

酒も飲まず、「食える食える食える！」と食べているとき……めっちゃ幸せです。いわゆる「チートデー」ですね。そういうときは我慢も後悔もせず、いっぱい食べます。

ダイエット中でも、チートデーはネジを外して食べまくろう。我慢も後悔も必要なし。

南 しんどいとき「生意味」やってみな！

芸人として忙しく活動していた頃、むっちゃ疲れたときにやっていたことがあります。

僕は、それを「生まれた意味」と書いて「生《う》意《い》味《み》」と呼んでいました。

た　これ笑っていいやつ？

たとえば、新ネタライブをなんとか乗り越え、飯も食えず疲労困憊《こんぱい》な夜。

僕はコンビニでポテトチップスのビッグ・そのときの気分に合ったアイス・1.5リットルのオレンジジュースを買って帰り、すべてを飲み食いします。

野　リビングで「生意味」の残骸見たことあるかも。

これが、僕の「生意味」です。

「生意味」をやることによって、僕は救われます。「今日はええやろ」と。

やらないで寝てしまったら、しんどいまま朝を迎えます。

イメージとしては、「学区外に出る小学生」です。

小学生って、自分の学区外に出ちゃダメじゃないですか。出たら悪いことしてる。でも犯罪ではないし、なんか楽しい。僕の「生意味」も、ダメなことだけど犯罪じゃないし楽しいこと。

「もしかしたら死ぬかもな」ってとき、僕は「生意味」をしたいです。最期に、生まれた意味だけちょっとやらしてもらいます。

最近は「生意味」やってません。

以前ほど追い詰められてはいないようです。

た よかったね。

疲れ切った夜は暴飲暴食して、生まれた意味を噛みしめる。
お菓子やジュースは心の栄養。

野

自炊も楽しいけど、外食も幸せ

南　給食つくってくれる人みたいだ。

一年中鍋が好き

僕はよく自炊をします。みんなに手料理を振る舞うことも多いです。

料理をつくるときに心がけているのは、**なるべくみんながお腹いっぱいに、幸せになれる**こと。

僕とたかさきは辛いものが好きなので、料理によっては辛くしがち。でも南と木島は辛いものが好きじゃないので、味付けには気を付けています。

得意料理は、鍋です。

楽だし、安いし、美味い！　いっぱいつくれば2日目までいけるし、〆まで食べられる。夏でも関係ありません。冷房をつけて食べる鍋が、最高なんですよね〜。

ただ、夏は「鍋の素」の種類が少なくなっちゃうんですよね。そこだけやや難ですが、鍋はオールシーズン、週に数回つくります。

特に好きなのは、キムチ鍋。追いキムチをしたり、自分なりに味付けをしてみたり。

ひとりで食べる鍋も、みんなで食べる鍋も美味しいです。

た　野尻がひとりで鍋を食べていると、僕は「すごい美味しそうだね〜」とたくさん言います。運がいいとちょっともらえます。材料が少ないともらえないので、そういうときは「美味しそうだね」だけ言って終わります。

料理は楽しいです。

「こんなのつくりたい、こんな味が食べたい」と思った通りにできたら達成感があります。でも、別に「料理が楽しくてしょうがない！」って感じではありません。

た　僕は料理のスキルが皆無なので、自炊は自粛しています。

南　僕は一応、「なんでも炒飯にしちゃう」でやっています。

毎日外食が許されるなら、毎日外食でもいい。必要だからつくっているだけです。

外食に決めた日はずっと幸せ

自炊が面倒なとき、僕は**迷わず外食**します。「ニートのくせに外食なんて……」とかは、まったく思いません！　堂々と、外食の計画を立てます。

よく行くのはサイゼリヤ。安いので、ひとり飲みしていっぱい食べて、豪遊気分を味わえます。また、日高屋でおつまみを食べながらお酒を飲んで、〆まで食べちゃったりもします。

こういうことをやっていると、めちゃくちゃ幸せを感じます。「余計なお金使っちゃったな～」みたいな後悔は全然ありません。「美味かったな～、よかったな～」と思いながら歩く帰り道まで楽しくて、最高です。

好きなものを食べて飲んで、ひとりで音楽を聴きながら夜道を歩く、ゆったりとした時間。**外食しようと決めて家を出て、帰ってくるまでずーっと幸せ**です。

た　野尻は外食だけじゃなく、出前もよく取ってます。仕事はしていません。

外食したときに美味しかった料理で、自分でもつくれそうだな～と思ったら、後日、見よう見まねでつくってみたりもします。

材料の組み合わせなんかも自分の発想にはないものであったりと、自炊のヒントを得られるのもまた、外食の楽しみのひとつです。

「自炊したくない」気分の日って、絶対にありますよね。そんなときは、パッと切り替えて好きなものを食べに行っちゃいましょう！

「面倒だな～どうしようかな～」と、悩んでいる時間がもったいない！

いつも自炊をがんばっているんだから、たまには手を抜いたっていいじゃないですか。

自炊したくない日は、ご褒美デーにしちゃおう。
外食で美味しいもの食べて、帰り道まで幸せタイム。

第6章

甘えつつも干渉しない暮らし

最後に、僕らの衣・食・住の現状をお伝えします。部屋が汚い南、家事を人に任せるたかさき、ダメダメなふたりに呆れつつ、言い分にはちょっと納得もしてしまうかも。一般的によくないといわれていても、自分が心地よければそれでＯＫ！　ルームシェアをしている僕らが導き出した、人と生活を共にするときのライフハックも紹介しています。ルームメンバーに対する野尻の熱い思いも必読です。

野

楽しいルームシェア生活の始まり

高校卒業後、仲よし3人組でルームシェア

僕とたかさきがルームシェアを決めたのは、高校3年生のとき。

夕方のニュースで「ルームシェア特集」を見たお母さんから、「卒業したらこれいいんじゃない？」と言われたのが興味を持ったきっかけです。友達に「ルームシェアしよう」と言うと、その場は「めっちゃいいじゃん！」と盛り上がります。ただ、大体はそれで終わっちゃうんですよね。本気でやってみたかったので、熱量をもって「マジでルームシェアしよう」と誘った相手がたかさきでした。

たかさきを誘った理由は、高校時代をずっと一緒に過ごしていたからです。もうひとり仲いい友達がいたので、最初のルームシェアはその3人でスタートしました。

北千住の2DKで、家賃は6万8千円。ひとり2万3千円くらいだったので、激安です。

ルームシェアがスタートしたときは、本当に楽しかったなぁ。

3人のうち、ひとりは大学生、僕はフリーター、たかさきは美容学生&バイトをしていました。一番忙しかったのがたかさきで、誰よりも睡眠を削って生活していたのを覚えています。

一方、僕はかなり寝られていたので、たかさきをよく起こしてあげていました。

当時のたかさきは、自分で起きる気がまったくない人間の寝方をしていました。完全に、僕に起こされることありきで寝ていたと思います。

中途半端に起こしても無駄なので、僕はたかさきをぐわんぐわんと揺さ

た　めっちゃ楽しかったな。ただ、深いことを考えずノリでルームシェアを始めたので、開始4日目くらいで1回泣きました。朝ごはんがあるとか、母親に起こしてもらえるとか、今まで当たり前だと思っていたことがなくなって……「ありがとう、お母さん」の涙です。

た　この時期、忙しすぎてあんまり覚えてないんだよな。いろんなことが起きたはずなのに。

南　頭が悪いよな。

た　そこにたどり着いてほしいわけじゃないよ。いつも本当に眠すぎて、記憶を失ったりしてました。

た　僕が朝出るときも帰ってきたときもふたりは寝ているんですよ。頭おかしくなりそうでした。

ぶって起こしていました。

それ自体が楽しかったので、たかさきを起こしていたのは優しさだけが理由ではありません。

たかさき父を演じて電話連絡

たかさきのお父さんを装い、美容学校に電話をしたこともあります。たかさきが通っていた美容学校はとても厳しくて、正当な理由がないと欠席してはいけませんでした。ですが、どうしても「学校に行きたくない」というので、僕が親として電話することになったのです。

わざわざ1時間早く起きて、声やしゃべり方を何度も練習しました。その結果、欠席成功。いろんな思い出がありますね。

た よく考えたら、学校も親かもしれない相手に「本当にお父さんですか?」とは言えないよな。

1度の引っ越しを経て、たかさきと住み始めてもう10年になります。家賃と光熱費は折半で、それ以外は各々。

南は、うちのお金関係に一切関与していません。今となってはＹｏｕＴ

ubeで一緒に利益を生み出していますが、芸人をやっていた頃は本当にただいるだけの居候でした。

南 僕は、ただ存在しているだけです。

た 南は犬と一緒です。YouTubeとも相性いいし、犬です。

ルームシェアの最大の利点は、**節約ができる**こと。家賃・光熱費以外にも、購入する家具が1個でいいというメリットがあります。

家を選ぶときは、まず**防音が超大事**。あとは、**路線がたくさん通っているところ**が便利です。**日当たり**も気にしたほうがいいですね。自分が前に南の部屋に住んでいたときは、全然起きられなかったです。精神がバグるのか、起きても気持ちよくありません。今は南向きの和室になって、めっちゃ気持ちいいです。

楽しい暮らしには人と日当たりが大事！
精神面やお金など、みんなで助け合おう。

た

居候に対するアンガーマネジメント法

ルールがない代わりに干渉しない

僕らのルームシェアが続いている秘訣は、**これといった「ルール」がないこと**。決まりごとがたくさんあったら、息苦しくて10年以上ルームシェアできないと思います。

ルールの代わりにあるのは**「お互いに干渉しない」雰囲気**です。僕が仕事している横で野尻が何をしていようが、気にしません。同様に、野尻が僕の邪魔をしてくることも一切ありません。

変な言い方かもしれないけど、一緒にいて害がない。野尻は観葉植物みたいな存在です。

野　お金のこととか、生活の仕方とか、揉めたことないね。お互いの常識をすり合わせるとかもなかった。

南　僕は、分からんボタンとか押さんようにしてます。これが僕のルール。

野　爆発したら困るもんね。

南　俺の両親のルームシェアは、12年くらいで終わった。

野　離婚したんだね。

干渉はしませんが、僕がストレスを溜め込んでいるときは話をめちゃくちゃ聞いてくれます。これまで、だいぶ野尻に救われてきました。

話をちゃんと聞いてくれるし、笑ってくれる。そうすると「まぁいっか」と思えます。人に話を聞いてもらうのが一番のストレス解消法なので、「野尻とルームシェアしててよかった」とよく思います。

ただ、1度だけ、野尻のやることに口を出したことがあります。

それは、異様に黄緑の家具を集め出したとき。さすがに「やめてくれ」と言いました。どこで見つけてくるんだよ。

一方、南が居候していて「よかった」と思うことはありません。お金がかかるし、汚すし、邪魔ばかりしてくるので。

絞り出して考えてみると、僕と野尻の「共通の敵」になってくれるところはいいかもしれません。こいつがいることで、僕らの仲は確実に深まっています。

完全に「もしも」の話ですが、南がいなかったら揉めていた可能性もあります。

←

野 たかさきといるのは本当に楽しいです。いろんな話をしてくれるし。ただ、南はマイナスしかありませんね。冷蔵庫にあるものを勝手に飲み食いするし。

南 僕はひとり暮らししたくて東京に来てるんで、ふたりには早く出て行ってほしいですね。洗濯とかやってくれるので、野尻さんがいることはプラスですけど。ただ「これこう干しちゃうかぁ〜」みたいなこともあるので、どうかな。

木 「これこう干しちゃうかぁ〜」って思える土台ないだろ。

南対策

南に対しては**「罰金制度」**を設けています。

何かあったときに怒ると自分にストレスがかかるので、言葉で言うのではなくお金で解決。こうすれば、遅刻されても「遅刻してくれてありがとう」と思えます。現金ではなくYouTubeの収益から引いているので、罰金徴収は南が介入できないところで行われています。

そういえば、南が野尻に対して異様に怯えていた時期がありました。理由は、家賃を払わずに住んでいるのに、野尻が何も言ってこないから。あまりにも何も言わないので、逆に信頼できなかったようです。

この野尻のスタンスは、芸人仲間の間でも話題にのぼりました。謎すぎて「キモくね？」と言われていました。

野尻と喧嘩したことはありませんが、南とはしょっちゅう喧嘩していますそのときは長引かせず、その場で解決するようにしています。

た 僕の服を無断で着ていたら千円です。

南 ええ服が窮屈そうにしてたら、僕が助けてあげてます。僕が着ると幸せそうに似合ってくれる。

南 たかさきは僕の相方だったので、僕から家賃をもらわへん理由があるんですよ。でも野尻さんは何も関係がないのに、言ってこない。意味分からん。仲もよくないヤツの家賃を払い続けて、洗濯もしてくれて。

野 1回謝れ。

南 いつかビッグバンアタックが来るんちゃうかと。殺されるんちゃうか？と思ってから怖くなって、一緒に住んでるのに、5年くらいひとこともしゃべりませんでした。

野 僕の知らないところでそんなこと言われてたんだ。かわいそうに。

一番盛大な喧嘩は、警察沙汰になりかけました。

南が部屋からどかず、何を言っても埒が明かないので、「友人が立てこもっている」と警察に通報しようとしたのです。冷やかしとかではなく、僕は本気でした。

野　僕はまともに人と喧嘩をしたことがないですねぇ。

警察に通報しそうになったことでやっとどいたので、今は「南が本当にヤバいことをしたら警察を呼ばせていただく」というメンタルで気持ちをおさめています。

南　警察呼びかけるなよ。あのときはめちゃくちゃ怒りました。

南　警察呼んでからがスタートですね。

長続きのコツは、ルールをつくらないことと干渉しないこと。共通の敵をつくることで、仲が深まることもある。

南

部屋が汚いことは、何も悪くない

僕の部屋には、大量にモノが溢れています。

モノが地層のように積み重なっており、「そんな部屋でよく寝られるな」と言われることもあります。

しかし、**部屋が汚くたっていい**のです。**片付けなくてもいい**のです。

その理由を、教えてさしあげましょう。

僕が部屋を片付けないのは、単純に**「時間がもったいない」**からです。

部屋って、きれいにしてもどうせ汚くなるじゃないですか。ほんで、きれいにしたら達成感があるじゃないですか。「なぜきれいになると達成感があるのか」考えると、その答えは「汚いのが嫌やから」なんです。

汚いのがきれいになるから達成感がある。

野 教祖か？

これ、あんま意味ないでしょ。**マイナスがゼロになるだけで、何も生まれてない**。汚いままでずっとおるほうが、掃除する時間を別のことに使えます。

慣れてしまえば大丈夫。病気にさえならなければ、部屋が汚くて悪いことは何もありません。

部屋が片付いていなくて困るのは、物を捜すのに時間がかかるときです。まぁ、「ないない」言いながら「あの辺やったかな」と手を突っ込むと、パッと見つかったりします。自分さえ分かっていれば大丈夫です。

きれいなのは、あなただけでいいんですよ。あなた以外のすべてが、汚くていいのです。

た　汚い部屋でダメなことはないと思うけど、きれいな部屋にいるほうが心は健康だと思います。「時間をほかのことに使える」という考え方も分かるけど、掃除するのが好きな人もいると思うんで、掃除が楽しかったらそれでいいじゃんと思います。

た　お前の理論、抜け穴多すぎるんだよ。

野　リビングにあったはずの物がなくなると、真っ先に南の部屋を疑う。そして、大体ある。

自分だけきれいであれば、あとは汚くたっていい。
掃除しないことで、時間を有意義に過ごそう。

た 食事や家事をゲームに。結果生まれるのは、わだかまり

YouTubeの撮影を兼ねて、よくみんなでゲームをします。

たとえば、「じゃんけんでハンバーガーの具を取り合う」、「極上寿司つかみ取りじゃんけん」、「たまねぎみじん切り対決」、「料理対決」、「目隠し闇鍋」、「三猿クッキング」など……。

撮影のために企画を考えるのが面倒なので、食事という日常にゲーム性を持たせた結果がこれです。普段から、こんなゲームばかりしているわけではありません。

ポーカーなどのカードゲームは、撮影外でも割とやります。

た 「チンチロ」とか、ゲームに負けたときの南はダルいっすよ。終わってるのに何度もやり直そうとしてくるんで。

撮影関係なくよくやるのは、**洗い物じゃんけん**です。

みんな本当にやりたくないので、けっこう白熱します。

木
撮影しているときに使った物だけならいいんですけど、3人がそれまでに出した物まで洗わされます。とても嫌です。

楽しく遊んでいるように見えますよね。ただ、これをやることでみんなの絆が深まることはありません。むしろ仲悪くなってるんじゃないかと思います。

かき氷や料理に「デスソース」を仕込むなど、負けた人のダメージがヤバいことも多々あるからです。正直、わだかまりが生まれます。

身近な人とゲームをするときは、大きな被害が出ないようにするのがおすすめです。

日常のあれこれも、ゲームにしたら楽しくなるかも。
なんでも遊びにしてしまおう！

野

やりたくないけど、そこにあるから家事をする

我が家の家事は、基本すべて僕が請け負っています。洗濯や洗い物、掃除、買い出しなどが、僕の日常に組み込まれています。

とはいえ僕が「家事担当」なわけではないので、トイレットペーパーを替えたりシャンプーを補充したり……そういった細かいことは気付いた人がやっています。

なぜ、家事の大部分を僕がやっているのか。

それはたぶん、僕が家事を「やっちゃっている」からです。

洗濯物が溜まったら、困る。だからやる。**そこにあるからやっているだけ**です。仮に僕が家事をしなかったら、たかさきがやると思います。

実際、きれい好きで掃除もやりたいタイプのシェアメイトといたとき、

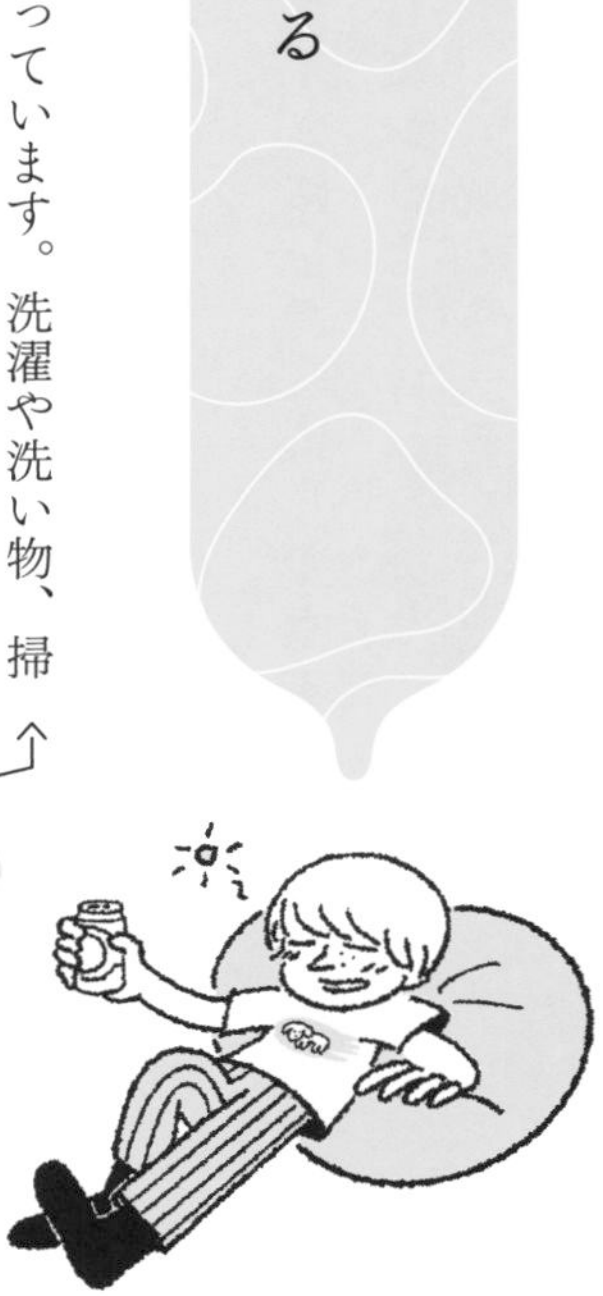

た　夜にゴミを出してはいけないので、ゴミは朝起きられた人が出します。僕は以前ゴミ出しにハマったことがあります。

南　ヤバ。

た　ゴミ捨てにハマり、物を捨てまくりました。最近は朝起きられないので、あまり捨てていません。

南　今聞いて初めて「そういう家事があるんか」って思いました。

自分は何もやっていませんでした。

担当でもなく、「やれ」と言われているわけでもないので、「なんで俺ばっかり家事しているんだ」とは思いません。べつに家事は好きではないので、やらなくていいならやりたくないです。でも「僕がやるもの」と自分で受け入れているから、家事をすることにストレスはありません。ちょっと珍しいタイプかもしれませんね。

不満があるとしたら、南の洗濯物が多いことです。冬場は汗をかかないので、何日か着まわしたりすると思うんです。でも、南は毎日洗濯に出すんですよね。うちの洗濯機は小さくてすぐいっぱいになるので、それは最悪です。しかもたまにティッシュが交じっています。

た　以前、お金を払い忘れてガスが止まったことがあります。その日に南が風呂に入っていたので、寒くなかったの？　と聞いたら「そういえばちょっと冷たかった」と言ってました。

南　シャワーの水がお湯になるまで、ちょっと時間かかるでしょ。「今日は長いなぁ」と思ってた。

南　ひとり暮らししてたときは、自分で洗濯してました。アパート共同の洗濯機で、洗剤は使ってなかった。

自主的にやっているから、家事をすることにストレスはなし。そういうものと受け入れたら、楽にできるようになるかも。

た 掃除・洗濯をやってくれるしもちゃん

たまに、野尻の彼女・しもちゃんがうちの掃除や洗濯をしてくれます。最初は、やってくれる意味が分かりませんでした。ただ、やってくれること自体はありがたい。だから「やらなくていいよ」と必死に止めるのも違うと思う。ということで、今はしもちゃんの厚意をありがたく受け取っています。

見返りが欲しくてやっているなら、お金を渡していたと思います。でも、しもちゃんはそういうわけでもありませんでした。なので、過剰に感謝を伝えたり、対価を支払ったりはしていません。見返りを求めていない人にお金を渡したりしたら、気持ち悪い関係になっちゃうし。

南 掃除するの大好きですもんね。

し 掃除は、元々は苦手。好きな人達のためだからがんばれるというか、もう母性みたいな。それでも南君の部屋片付けてかゆくなったときは無理だってなった。

し お邪魔させてもらってるし、一緒に楽しい時間をたくさん過ごさせてもらってる。その恩返しみたいなもの。一緒に笑っていられればそれでもう対価受け取ってる感じ。

最初は、しもちゃんが「見返りを求めていない」ことが恐ろしかったです。何を考えているのか分からない人が一番怖い。でも、もう慣れました。

親や祖父母からの厚意を「受け取らない」人がいると思います。「悪いから」とか「もったいないから自分で取っておいて」みたいに言うけれど、もしかしたらその人は**「受け取ってほしい」とまで思っている可能性もある**。

なんなら、人の世話をしていたほうが長生きできるとか、健康を維持できるとか、そういうこともあるわけで……。

人の厚意は、ありがたく受け取るのも手かもしれません。

野　たかさきや南に対しては何も言わないけど、ジャンスーが家を汚すと「自分で片付けて！」って言ってる。あれはちょっと面白いね。ジャンスーにもまったく響いてないし。

し　ジャンスーはよくも悪くも外でも変わらない。だけどやっぱり人目はあるから外ではちゃんとしないと、いい大人だからねと心配になる。嫌いだったり何も思ってなかったりしたら逆に何も言わない。

し　その厚意の受け取り方が大事かも。もちろん私は自主的にやってるから受け取ってって思ってるけど、甘えられても困るからやってほしいことはちゃんと言う。「ペットボトル片付けてね」とか。

厚意は深く考えず、受け取るのも手。
相手は「やりたくて」やってくれていたりして。

野 このメンバーになら、だらしない姿を見られても大丈夫

生活していると、とてもだらしない姿になる瞬間がありますよね。

たとえば、お風呂あがり。全裸とかパンイチの状態で家の中を歩きまわっているところを「見られたら嫌だ」と思う人もいるかもしれません。

でも、僕は平気です。むしろ、その状態でたかさきに絡みにいくこともあります。

たかさきは、お酒を飲みながら音楽を聴いてノリノリになっていることがあります。人によっては「見られたくない瞬間」かもしれませんが、僕らが見ていてもたかさきは全然気にしていません。

南 僕は、全裸で歩きたくなることはないですね。

た 論点そこじゃないよ。

た 最近、よく「アイドル」聴いてます。酔っぱらうと、YOASOBIのライブバージョンを延々と見てます。あんまり歌詞を覚えられないタイプなんですけど、これは歌いやすいんですよ。

僕も、たかさきが歌っているのを聞いていると影響を受けます。無意識で、10分後くらいに同じ歌を口ずさんでしまうことがよくあります。

別に、テンションが上がって歌っているのでも、「ストレス発散したい」と思って歌っているわけでもありません。ただの日常です。

僕らにとってお互いの存在は、**いい意味で空気**みたいなもの。

だらしない姿を見られても気にしない。無意識に歌っちゃうくらい、一緒にいて心からリラックスしています。

南 よく漫才覚えられてたな。

た 酒を飲んでいるときに限らず、会話がなくなったときに歌ったりもします。いい雰囲気になるので。

た こいつらにだったら、別に見られても大丈夫。「こんな姿を見られたくない」みたいなストレスは感じません。

南 僕は、たかさきが歌っているときは上回って倒します。声量で駆逐する。フェードアウトさせる。

自然と歌っちゃうくらい、
リラックスできる人がいるっていいな。

た 好きな服を着たいからダイエットする

3年ほど前から、ダイエットをしています。

きっかけは、久しぶりに会った芸人時代の同期に「たかさきって本当に人前に立つのやめたんだね」と言われたこと。

一瞬「え、どういう意味？」と思いました。よくよく話を聞くと、そいつは遠回しに「めっちゃ太ったね」と伝えてきていたのです。

そんな自覚はありませんでした。同期の言葉がきっかけで「ヤバい」と思い、ダイエットを始めることにしました。

僕がダイエットをするモチベーションは、**好きな服を着たい**からだと思います。僕が好きな服は、細身のほうが似合います。好きな服を着こなす

野 僕は、まったくダイエットしていません。ずっとこの体形を保っています。人並みに食べるし、お菓子も食べるし、夜食も取るし……それなのに、なぜか太りません。たぶん遺伝だと思います。

た 着たい服と似合う服って違うと思うので、人によく見られたいのか、自分が好きなものを身に着けたいのか使い分けるようにしています。最近はある程度シンプルでいいものを着ようと思っています。

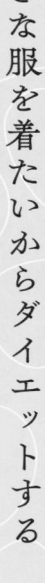

ためにも、痩せる必要がありました。
やったことは、**縄跳びと筋トレ**。それから、**糖や脂肪の吸収を抑えるサプリ**は、僕にはけっこう効果があった気がします。また、**自分が何で太るタイプか調べた**ことにより「食事」がしやすくなりました。僕は脂質で太るけど糖質は大丈夫なタイプだったので、揚げ物を減らし主食はちゃんと摂るというスタイルに。

何か食べたいときに一瞬我慢することはあるけど、厳しい食事制限をしているわけではないし、全然辛い思いをしていません。**やめたくなるほど努力をしていない**ので、3年間もダイエットが続いているのだと思います。

がんばりすぎないことが、続ける秘訣。
追い込みすぎない、長期的なダイエットを。

野 僕は基本的には好きなものを着ています。たかさきや、しもに似合わないと言われても、自分が気に入ったなら貫きます。しもとはスタイルがほぼ一緒なので、服を共有したり、ペアルックしたりもしています。

南 あんまり自分で服買わないんで、正直もらったものを着るって感じです。自分で買うなら古着かな。お気に入りを着倒します。

野

ルームシェアは、体調不良ですらエンターテインメントになる

ルームシェアをしていると、ほとんど「ひとり」になることがありません。常に自分以外の物音がしていて、静けさを感じることはほぼないです。まれに家でひとりになると、「シーン」という音が聞こえることがあります。いつもはするはずの物音がしなくて、そういうときは「ひとりだな」と思います。

僕はひとり暮らしをしたことがありません。なので、常に人がいる生活が当たり前。「今日はひとりになりたい」みたいなこともないので、毎日楽しいです。これが日常なので、ふとした瞬間に「ひとり」を感じると、**「やっぱり誰かがいる生活ってありがたいな」**と思います。

南
常に人がいる。ストレスですよ、もちろん。僕はひとり暮らしがしたいので。

た
僕は人がいる生活に慣れすぎちゃって、いないほうが嫌です。「いてほしい」まであります。

体調を崩したときも、「ルームシェアしていてよかった」と思います。

ひとり暮らしだと、辛いし自分で食事の用意をしないといけないし、とても心細いと思います。

でも、うちでは体調不良ですら楽しさに変わります。先日も、寝込んでいる僕を見てたかさきが笑ったので、ひと悶着が起きて楽しい雰囲気になりました。

人がいることで「しんどい」が「楽しい」に変わることがある。だから、やっぱりルームシェアって最高です。

南　ルームシェアのよさは、やってる最中は気付かん気がしますね。ふたりがおらんくならないと、本当のよさは分からないかも。

た　体調悪いときにちょっかい出されるの、僕は嫌だけどね。

南　僕は、たかさきに「Siri」くらいの感覚で話しかけます。口の筋肉を動かしたいとき、仕事をしているたかさきにダル絡みします。

た　PC見てる僕に1時間くらいしゃべり続けたりしてくるので、かなり怖いです。

誰かと暮らしている人は、その「当たり前の日常」の愛おしさを考えてみて。

おわりに

ニートの野尻です。

まさかニートの自分が本を出すことに携わるなんて夢にも思いませんでした。夢には思わなかったんですが、高校時代の経験に基づいた恋愛小説を、18歳のときにルーズリーフに書いていたことがあります。なので、どこか懐かしい気持ちと新鮮な気持ちで臨めました。もちろんそのとき書いていた小説は未完成で、結末を迎えることなく、いまだ実家の押入れに存在しているはずです。

そして正直なところ、普段自分は本をまったく読みません。中学時代に読書の時間があり、そこで出会った『オシムの言葉』という本を読破して以来、これといった本を手に取った記憶がありません。昔に一度だけたかさきに誕生日プレゼントで本をもらったんですが、その本も手に取った記憶がありません。

そういった普段読まない方でも、楽しく読める内容になっているんじゃないでしょうか？　そして、この本を読んだ皆さんに「読んでよかった！」と思ってもらえたら嬉しいです。

個人的には、実際に3人でしゃべっていて楽しかったです。その時のやり取りが垣間見えるのも今回の魅力のひとつかなと思います。木島をはじめとするほかの人達も含め、今後ともよろしくお願いします！

——野尻

何もかもを間違えて、あとがきではなく「ここ数年ずっとトートバッグの底にあった用途不明の鍵を失くしていることに気づいた」から始まるショートショートを書いていました。これ〆切昨日まででしたよね。本当にすいませんでした。

——南

まずは本を読んでいただき、ありがとうございました。
改めて今どういう考えか、あとがきに書きます。

当然ですが、4年前に芸人として壁にぶつかり「終わった、終わった」と言いながら家のまわりを徘徊していた自分には、本を出すなんて1ミリも想像できていませんでした。

この状況になって、人生ってめちゃくちゃ面白いなと思います。

徘徊中は人生がとにかく面白くなかったです、絶望しかしていませんでした。

そんなあのときの何もかもうまくいってない自分を知っているからこそ、今の自分の状況の変化が面白いです。


改めて、「行動」をしておいてよかったな、と強く思います。

映像制作やYouTubeなど今現在やっていることは、4年前まったくやっていません。

どうやったら駆け出しのフリーランスが仕事を取れるか考えて、ちょっとずつ仕事を取って軌道に乗って、試行錯誤して無理な仕事はすぐ諦めて、やってみて嫌いだった仕事はすぐ辞めて、を繰り返して自分のペースで徐々に徐々に仕事が増えていきました。

４年間で状況がかなり変わりました。

僕のあとがきを読んでくれた皆さん、
「行動」
マジでおすすめですよ。

――たかさき

ニートと居候とたかさき

たかさきと高校の同級生でニートの野尻、解散したコンビの相方の家で居候をする芸人（仮）の南、元芸人で現クリエイターのたかさき、3人のルームシェア生活を毎日配信しているYouTubeチャンネル。

YouTube：@N-I-T

嫌《いや》なこと全部《ぜんぶ》逃《に》げてみた
アラサー男《おとこ》3人《にん》のがんばらない日常《にちじょう》

2024年2月22日　初版発行
2024年3月15日　再版発行

著　者　ニートと居候《いそうろう》とたかさき
発行者　山下 直久
発　行　株式会社KADOKAWA
〒102-8177 東京都千代田区富士見2-13-3
電話 0570-002-301（ナビダイヤル）
印刷所　TOPPAN株式会社
製本所　TOPPAN株式会社

ISBN 978-4-04-606708-1　C0095